DOMAINE FRANÇAIS

TOUS LES DIAMANTS DU CIEL

DU MÊME AUTEUR

EZZELINA, Arléa, 1986.
INSULA BATAVORUM, Arléa, 1989.
LE MASSACRE DE PANTIN OU L'AFFAIRE TROPPMANN, Fleuve noir, coll. "Crime Story", 1994.
ÉLOGE DE LA VACHE FOLLE, Fleuve noir, 1996.
LIVRE XIX, Verticales, 1997.
ENFILADES, Verticales, 1998.
TOUT SON SANG BRÛLANT, La Pionnière, 2000.
CHAIR ÉLECTRIQUE, Verticales, 2003.
BUNKER ANATOMIE, Verticales, 2004.
BLACK BOX BEATLES, Naïve, coll. "Naïve sessions", 2007.
MADMAN BOVARY, Verticales, 2008 ; Babel n° 1048.
LE CLAVIER CANNIBALE, éditions Inculte, coll. "Temps réel", 2009.
MILLE MILLIARDS DE MILIEUX, coll. "Collatéral", éditions Le Bec en l'air (avec des photos de Michel Denancé), 2010.
COSMOZ, Actes Sud, 2010.
PLONGER LES MAINS DANS L'ACIDE, éditions Inculte, coll. "Essais", 2011.

ISBN 978-2-330-01011-9

CLARO

Tous les diamants du ciel

roman

ACTES SUD

pour Carole & Caroline

Tout est drogue à qui choisit pour vivre l'autre côté.

HENRI MICHAUX

I

DANS TOUS LES ESPRITS

(Pont-Saint-Esprit, 1951)

De toutes les inventions de l'homme, je doute qu'aucune ait été aussi facile que celle du ciel.

GEORG CHRISTOPH LICHTENBERG

1

LUMIÈRE

C'est tout autre chose. C'est, dans la nuit du four, au plus près du feu, la naissance du pain, la gigue des molécules, l'invention de la panique, et voilà le silence et sa croûte fêlés, voilà le sacre du doré, les pierres de voûte accueillant une dernière fois les galaxies d'effluves, puisqu'une forme, enfin, ici s'exauce, au cœur du fournil de Roch Briand, dans la grand-rue qui fend Pont-Saint-Esprit, et ce quelques heures après la fête de l'Assomption, alors prenez ce pain et rompus soyez. Dos plat, ventre incisé, les pains de la fournée du 16 août 1951 sont de patients démons, nés d'une pétrie dont Tu nous donneras des nouvelles ô Seigneur.

Peu avant minuit, le jeune Antoine prépare la pouliche, banales noces d'eau, de farine et de levure, auxquelles est vite adjoint le sel, puis laisse reposer l'amalgame dans la cuve, rêve, fredonne, feuillette le dernier numéro du journal *Tintin*, sort enfin la pâte du pétrin pour la peser et la mettre en boule, la façonner, mais manier la pelle, non, ça c'est son patron qui s'en charge, c'est Roch qui enfourne les pâtes façonnées, d'un geste plongé, en escrimeur, donne quelques secousses, raclements et vibrations, et soudain le recul, les portes forgées qui se referment sur l'enfer bienveillant, on s'éponge le front, s'essuie les mains sur le tablier. Il faut attendre, préparer une deuxième pétrie, suivie d'une troisième, avant que soit achevée, vers quatre heures du matin, la fournée du jour – puisque tous les jours : le pain.

Le départ du boulanger ne laisse, dans l'air du fournil, que de faibles turbulences. Bien qu'assis, Antoine s'imagine allongé, dans ses draps repoussés il y a peu, à ce point engoncé dans la poix du sommeil qu'il en oublierait presque qu'il est le gardien du pain, du moins pour quelques heures. Avec l'oubli vient le souvenir, le brouillard des images dont il a eu peine à s'affranchir quand le réveil a – mystère ! trille ! effroi ! – sonné.

*

La conscience est effort, se réveiller labeur, et les modes d'évasion sont, il le sait, plus chiches que les ressources d'un prisonnier. Au fond de son lit, sa main remue, tâte des plis qu'il sait n'être plus de chair ; ses paupières font pression sur ses yeux, ses lèvres se tordent un peu puis ses muscles chassent un à un les nœuds qui s'attardent sous sa peau, réclamés par la routine. Un volet claque, sa gifle atténuée par une coulée de lierre. Les draps, qui ont cessé d'être les parois d'une cave, perdent leur génie. Aucun filament magique ne le retient plus au rêve, déjà dissous. Ses pieds prennent d'eux-mêmes position à côté de ses souliers, formant quatre tas familiers sur le bois du parquet. Il a fait si chaud toute la journée, les fronts luisaient, la poussière cherchait les nuques, et les colombes d'Antoine étaient restées en boule une bonne partie de l'après-midi. Il les avait imitées peu après le souper, s'octroyant deux ou trois heures de somnolence avant d'aller à la boulangerie.

Il sort le moulin à café, le coince entre ses cuisses, tourne la manivelle en écoutant le craquement des grains. Il s'approche de la fenêtre, tire les rideaux de sa chambre. On n'entend rien, mais parfaitement. Sur le parvis de l'église Saint-Saturnin, un chien s'effraie d'une chose qui n'a pas encore d'ombre et aboie sans conviction. Dans la rue, les fenêtres aspirent l'air chaud, l'air chaud meuble l'obscurité, l'obscurité se détache des pierres, tout est cycle et sensuel, on vit enfin le cœur d'été.

Antoine avale quelques gorgées noires et brûlantes, pose la tasse dans l'évier, fait couler un filet d'eau et boit dans sa paume, s'aspergeant le visage dans le même mouvement puis s'en va rejoindre Roch à la boulangerie, lacets défaits, suivi par un chat qui presque aussitôt l'oublie pour un bruit de souris ou de papier sous une voiture.

*

Entre minuit et trois heures du matin, le temps devient cercle, et seule l'attente le dilate et contracte, il tourne autour d'idées souvent diffuses, et donne un peu le vertige. Auprès des flammes, le pain, lui, change, il s'invente, oublie les leçons de la terre, les soupirs du blé, car son cœur qui n'en est pas un se destine déjà aux regards, aux morsures, aux délectations, et déjà il veut plaire. Sa croûte a soif de vin, sa forme appelle les mains. À sa surface brillent des points. Presque des astres. Antoine somnole, les sourcils adoucis par la farine, son tricot de corps trop grand sur ses épaules pentues. Sous ses fesses, le bois du tabouret est tiède, et ses cuisses nues et engourdies frémissent. La transformation a commencé – car, avant le jour : le pain.

Dans l'esprit de l'adolescent paradent quelques vers entendus la veille, au sortir de l'église, saisis entre bouche et oreille, une fois la messe ânonnée, des vers de Frédéric Mistral qui, sous ses paupières de mitron assoupi, s'aventurent à présent telles des chenilles processionnaires – *es soun intrado, lou pont Sant-Esperit emê si pielo e si vint arc superbe que se courbon en guiso de courouno sus lou Rose*… Il les suit malgré lui, yeux clos, suit leur danse à la surface bombée de ses iris, poings fermés, oubliés sur les genoux, le cul tassé par le tabouret, le dos uni à la brique tiède, il en sent les vibrations sur ses lèvres entrouvertes par le songe… *car son entrée, c'est le pont Saint-Esprit avec ses piles et ses vingt arcs superbes qui se courbent en guise de couronne sur le Rhône*. Peu importe qui les a prononcés, ces vers, si c'est Félix Mison ou Joseph Moulin, Mme Payen ou son fils, ils forment bientôt agrégat, deviennent boule, une boule qui croît – puisqu'à sa guise : le pain.

Sous l'*autre* voûte, celle du ciel, aux joints sans doute plus instables, tout est calme, distance, flotté, pardonné, rien ne résiste, ni le vert des feuilles ni ces taches que le soleil déplace, le temps reste un possible aux contours minéraux, quelques animaux se déplacent, des insectes changent de camp, une porte claque. Pont-Saint-Esprit n'est plus qu'une ville emportée par la nuit, protégée par le fleuve des pires dérives, une ville héritée d'un autrefois boueux, avec son pont épelé en arches – et par nécessité : le pain.

*

Trois mois plus tôt, à la mi-mai 51, en fin de journée, un orage déformait tout. Antoine s'était avancé dans le champ des Pradier et fixait le ciel, tentant d'y repérer le futur trajet des éclairs, qu'il savait chassés d'entre les caillasses après avoir visité les secrets du calcaire. À chaque détonation, ses pupilles renaissaient, les muscles de ses fesses se contractaient, et sous ses pieds il sentait pétiller les fossiles au milieu des lombrics. La pluie paraissait solide. Il aurait aimé capturer dans son poing une goutte, une seule, et la mettre en perle dans sa poche pour la sucer plus tard, sous ses draps, afin d'en savourer l'énergie.

Dans la nuit turbulente, des giclées de charbon se précipitaient, en fuites horizontales, pulsées entre deux couches d'air, masquant et révélant la lune sans jamais abraser sa face crayeuse. Le vent bondissait, dérangeant tout telle une main pressée de rafler la mise, ça faisait un sacré bruit, et le jeune mitron ne donnait pas cher des tuiles sur les toits et des journaux oubliés sur les tables.

Antoine guettait la foudre. À trop la ressentir dans son corps, il en rêvait le surgissement ailleurs, au sein des choses, s'interrogeant sur ce qu'elle détruirait, ce qu'elle changerait, guettant l'aura de son plasma enfin révélée dans un bleu de feu, non plus ce dérangement en lui, ce froissement gêné, mais un poing de rage, clair et dense, s'abattant sans autre raison que l'attraction des êtres dressés. Le matin, au zinc du *Café de la Bourse*, il avait, entre deux gorgées de lait, cru voir des étincelles jaillir de la bouche du garagiste. L'homme était accoudé au comptoir à quelques pas de lui, et le vin blanc aspiré entre ses dents châtaigne avait émis un bruit anormal, dont Antoine avait tenté de canaliser les vibrations jusque dans la poignée de centimes que son poing réchauffait au fond de sa poche. D'autres que lui, peut-être, rêvaient explosions, diffusions, soulagement.

Le soir, quand le soleil s'écrasa entre les oliviers, et que de partout montèrent grondements et raclements, il sortit en bas de pyjama, torse et pieds nus, et l'herbe devint provisoirement fourrure, cette fois-ci il osa aller plus loin que les fois précédentes, quand l'insomnie l'obligeait à distraire sa chair impatiente. La garrigue en contrebas, tout en chants et reflets, l'appelait. De l'air, il espérait l'électrique santé, pour mieux combattre ces tentations dont il subissait l'insistance depuis qu'il avait cessé d'être enfant de chœur, et si l'autel lui manquait parfois, il se consolait en élevant des colombes qu'il osait à peine caresser, mais dont l'envol subit lui était synonyme de joie, d'espoir.

La foudre, en revanche, ne s'invitait jamais dans l'église à l'heure de l'eucharistie, et si parfois il la devinait dans les battements d'ailes de ses colombes quand le ciel les reprenait, il redoutait plus que tout sa manifestation entre ses phalanges où il ne savait que trop ce qui, hélas, poissait.

Alors que le tonnerre avançait vers lui, dans toute sa minéralité, l'idée même de menace s'évapora. Il sut que la foudre allait choir, qu'elle se cherchait un hôte, un corps suffisamment complice pour décupler sa charge et son sens, or lui le recueillerait, ce sens, il le recueillerait et l'assimilerait, et sa vie, jusqu'ici ébauchée, imparfaite, s'en trouverait modifiée, éclairée. Lui, l'orphelin élevé par ce couple d'assis qui n'avait su lui donner qu'un nom et une portion de gîte, sentirait bruire la grâce dans chacune de ses molécules. Un éclair inversa les valeurs, l'olivier sur sa gauche enfla et rétrécit, il y eut secousse, révélation, un sifflement se réfugia dans ses oreilles, c'était fini. Le bois dompté en charbon, les feuilles faites cendres, et la terre plus roussie que sa tignasse de puceau. La foudre ne l'avait pas élu.

Il aurait aimé pourtant la recevoir, éprouver en lui la force de son passage, devenir cette coupe incandescente où le sang entre en turbulence, et qu'en place de sa dépouille d'adolescent contrarié renaisse une chose simple, un être frais, agneau, poisson, signe. Mais il se savait indigne de la gloire, doté d'une âme boiteuse, tout sauf étoilé – le curé le lui avait assez répété, les miroirs le confirmaient, son impatience à grandir s'en agaçait.

Il mit longtemps avant de trouver le point d'impact, et quand il vit, certes toujours dressée et plus que jamais humble, la Vierge en sa statue, la Notre-Dame levée à flanc de coteau mais amputée de son bras gauche, il se signa en ravalant sa salive, presque déçu d'être lui-même entier. C'était la deuxième fois que la foudre s'en prenait à Marie. Seize ans plus tôt, une boule de feu l'avait arrachée à son piédestal pour la jeter vingt mètres plus bas, parmi les broussailles des contreforts. Le présage n'avait échappé à personne, et la guerre, vécue tout d'abord comme une excursion puis brisée par le tempo de la débâcle, n'avait fait qu'imiter ce détrônement. On avait extirpé la Madone des fourrés, on l'avait hissée avec un treuil, puis réparée avec des agrafes de métal, enfin on l'avait redressée dans le hurlement des cordes et des poulies, avec force ahans et hourras, et de nouveau on avait pu la voir par temps clair à des dizaines de kilomètres à la ronde, toute rehaussée d'orgueil, ce qui troublait. Le roulement des jours ne parut plus l'atteindre et elle continua de promener son ombre instable parmi les herbes. La Vierge têtue bravait les éléments, le feu même du ciel, mais c'était désormais une Vierge unibrassiste, impeccable quoique amputée, et de sa plaie de plâtre bien sûr jamais rien ne saignerait, le cœur est ainsi fait.

*

Antoine n'était ni superstitieux ni enclin à le devenir. Sa foi était un nid, fait de petits riens en vue de résister à tout sauf à l'hiver de la foi. D'être orphelin lui suffisait, il n'aurait pas ainsi à haïr des demi-dieux armés de fourches ou maniant le balai, mais incapables de parler au tonnerre. L'Église vit en lui un enfant de chœur point trop dissipé, sans doute à raison.

Il aimait autant le frisson des chenilles sur ses jambes que l'odeur d'amidon dispensée par les surplis, suçait avec le même ravissement le brin d'herbe acide et l'hostie consacrée. Se recueillir parmi les siens ou dévaler des coteaux lui apportait une quiétude semblable. D'où lui venaient sa grande taille, ses épaules qu'on sentait de bois vert, cette tignasse impropre aux peignes et aux caresses, et la manie qu'il avait d'écraser ses lèvres du tranchant de la main, en plissant des yeux un peu trop gris, pas plus lui qu'un autre ne le savait, et puisque les gestes voyagent aussi bien entre les générations qu'à la faveur des fréquentations, il n'attribuait à ses traits aucun devoir de continuation et, partant, nul caractère sacré. Il s'imaginait composé de peu de chose, façonné plus par l'indifférence d'autrui que par l'absence de géniteurs.

Le péché s'invitait parfois dans sa tête, et ce de plus en plus depuis qu'il peinait à entrer dans ses vêtements de douze ans. S'abandonnant aux eaux du Rhône, mais jamais loin de la berge, et seul, et nu, il expérimentait d'autres liturgies, et quand la grimace s'emparait de ses lèvres, il combattait l'afflux de joie qui eût pu le calmer, refoulant, renonçant. Parce qu'il avait lu dans le manuel d'enfant de chœur qu'*on aura la joie de le voir toujours régulier et ponctuel dans l'accomplissement de ses fonctions, soigné dans sa tenue à l'église, maison de Dieu, franc, respectueux, docile avec le prêtre*, et parce qu'*un tel enfant sera aimé de tout le monde*, Antoine se savait coupable de dérèglements, et par conséquent aussi inapte que ses condisciples à rôder dans la foi, quand bien même la Faute est partage.

Avant d'être pris à l'essai par le boulanger de la grand-rue, il s'était lancé dans un projet assez fumeux – l'adolescence a de ces rêves comptables, qui souvent s'égarent dans des délires d'exhaustivité. Il voulut calculer le poids de Jésus à l'heure de la crucifixion et le convertir en hosties. Puisque le Fils de Dieu se trouvait incarné dans le pain liturgique, moléculairement présent bien qu'absent dans sa totalité, Antoine décida d'accumuler son équivalent en pain azyme, se disant sans doute qu'une eucharistie à rebours était possible. Dérobant à chaque office deux ou trois pastilles, les cachant au creux d'une poche cousue dans la doublure de sa chasuble, il entreposait son butin dans une boîte en carton qu'il rangeait sous son lit. Mais le pactole semblait ne jamais croître. Il ignorait en fait si même des milliers d'hosties suffiraient. Certaines étaient blanches, frappées de rien moins que du sceau de l'Invisible. D'autres, curieusement dorées, auraient mérité de tinter dès que brassées. Si leur diamètre les apparentait à des sous anciens, leur pâleur évoquait des paupières obstinément closes.

Antoine capitula. Il lui aurait fallu plus de vingt mille pastilles pour espérer réunir de quoi recommencer charnellement le divin poids welter et, à supposer qu'il pût en dérober quotidiennement deux ou trois sans que le curé s'en aperçoive, cela signifiait au bas mot plusieurs années de larcin, en vérité un vain chapardage car les hosties, bien que consacrées, terniraient, se dessécheraient, perdraient de leur masse, de leur pertinence, le miracle reculerait, le Nazaréen s'étiolerait et jamais du tombeau des siècles Il ne ressortirait, même rampant, malingre, incomplet, encore plus seul et abandonné par son Père que ne l'était Antoine.

La charge de mitron, une fois l'autel délaissé, "vint fort à propos", comme le soulignèrent ses parents adoptifs qu'il cessa immédiatement de voir et même de saluer. Le couple ne l'avait supporté qu'une douzaine d'années, après que l'orphelinat eût monnayé sa greffe dans leur foyer. Il n'avait été, somme toute, qu'un étranger de passage, corvéable le jour et oublié la nuit, à l'appétit soigneusement bridé. Très vite, Antoine se sut plus proche du Miracle sous l'égide de Roch, parce qu'au chevet du pain, objet de toutes les multiplications. La chaleur du fournil l'aida à oublier les nefs latérales où déambulait sans cesse le même courant d'air, unique représentant dans la région gardoise du Saint-Esprit. Il espérait que le pesage, la mise en boule et le façonnage de la pâte lui offriraient une approche plus conviviale de la transsubstantiation – lui permettraient, aussi, bien sûr, d'éviter l'usine, qu'il soupçonnait d'hérésie, peuplée de machines parjures et empestant la Javel. Car s'il convoitait la Vierge, trouvait son Fils plutôt méritant et soupçonnait Dieu de favoritisme, toute son exaltation allait à l'Esprit-Saint.

Ce dernier avait l'avantage de n'être ni corruptible, comme la chair du Seigneur, ni bouffi de responsabilités, comme le Très-Haut. Certes, son statut manquait de clarté, quand bien même on parait sa non-personne d'un nimbe crucifère, allant parfois jusqu'à l'incarner en gamin imberbe à qui l'on attribuait pas moins de sept dons. Le Nouveau Testament le considérait de façon quasi phénoménologique, et voyait en lui Dieu dans ses révélations, le principe de vie qui remplissait Christ, bref, l'action imminente du Créateur dans sa créature. Grâce au catéchisme, Antoine avait pu s'en faire une idée moins vague. Sur le podium de Justin, apparemment, il était troisième. Pour Origène, son activité ne s'exerçait que sur les saints. Et si le concile de Nicée avait pris soin de proclamer la croyance au Saint-Esprit, il ne s'était pas donné la peine de le définir plus avant, préférant s'en remettre à un déluge de spéculations, sans doute dans l'espoir que les plus audacieuses feraient naufrage. Certains docteurs, comme Ennomies et Macedonios, soutenaient qu'il s'agissait d'une créature – ces noms faisaient rêver Antoine, qui les prononçait souvent à voix basse à l'heure de s'endormir. On les condamna sans hésiter tels de vulgaires pneumatomaques, ce qui était grave mais pas rédhibitoire. Bref, le Saint-Esprit restait impénétrable bien que diffus, et aux yeux d'Antoine sa faculté à avancer masqué faisait de lui un héros encore plus précieux que le fantôme du Bengale ou l'élégant Mandrake. Là où selon lui le Fils avait échoué, puni par le Père, le Saint-Esprit réussirait, il déboulerait sur terre une bonne fois pour toutes, non pour racheter les péchés, ce qui eût exigé une réserve de fonds par trop considérable, mais pour transformer tout un chacun en vibration et imposer la joie. Antoine n'avait qu'à se méfier des tentations et se montrer attentif aux signaux semés par l'élusive force active.

*

Antoine sait qu'il existe deux ciels. Il y a celui de Pont-Saint-Esprit, tantôt gris, tantôt bleu, d'humeur plutôt océane, et il y a l'autre, le magma stellaire où jamais ses colombes n'iront se pâmer, où seuls Tintin et ses amis se sont aventurés, à force d'asphyxies. Le ciel de Pont-Saint-Esprit est clément, il accueille le soleil complice des moissons, n'héberge jamais longtemps les nuages et donne leur chance aux vents. La nuit, aucun effroi n'y joue la comédie. C'est un simple alléluia de cuisine, d'où tombent parfois des gouttes insipides, et que les yeux ne sondent pas vraiment. L'autre ciel, en revanche, s'impatiente, il gronde et se convulse, se nourrit de soleils invisibles et recrache des comètes. Oui, là-haut, croît une déchirure, qu'Antoine appelle et sent béer, à des signes, des avertissements, et déjà le sidéral, qu'on pensait infiniment noir et définitivement irrespirable, se révèle autre que simple dévoration.

*

À moins d'un mètre de lui, le pain de la deuxième fournée a pris forme, consistance. Et tandis que l'estomac du mitron achève de décomposer la mie originelle, celle de la première fournée, la conscience d'Antoine n'est plus qu'altérations. Avant de s'assoupir à nouveau, il s'est offert de grisantes lectures, au fil d'un magazine où l'astronomie sert de béquille aux fantaisies les plus en vogue, et voilà qu'à présent il se sent monter, fuser, catapulté au-delà de la ceinture de Van Allen, au-delà du galactique, défiant orbite, loi et gravité, à la fois léger et dévasté, Antoine et non-Antoine. Cela tient du rapt, même s'il éprouve la chose en défenestration, telle une virée hors de soi.

Ce qu'il voit n'a hélas ni nimbe ni voile, et ses yeux ne rencontrent que métal brûlant, verre blindé, fier titane. Oui, en ce royaume soudain défloré se manifeste autre chose, qui relève de la propulsion et de la solitude, avec pour toile de fond l'idée un peu floue de conquête. Car en ce 16 août naissant, la seule assomption à l'œuvre dans les nues est celle des toutous soviétiques Mishka et Chizhik en vol suborbital, poil suant, langue au volume doublé, dont il a découvert au cours de ses lectures la grisante mission. Les Russes ont en effet décidé de grignoter la stratosphère, et pour ce faire expédié un couple astrocanin dans les immensités. Antoine sait également qu'en ce moment même passe au-dessus de lui le Douglas 558.2 du major William Bridgeman, dont il devine le visage affolé par la pression, abruti par le cri que l'oblige à pousser l'altitude inédite de 79 494 pieds à laquelle il s'est hissé, un cri certainement repris et enrichi par les aboiements des corniauds soviets, eux-mêmes soumis à une accélération de 5,55 g, tous les os de tous leurs membres si secoués que la moelle doit en gicler.

Bien qu'assoupi, Antoine se met à frissonner, balbutier, à baver un peu, aussi, tandis que le pilote américain et les cabots russes entament la pâte céleste, lançant au ciel un avertissement, en expiation du futur et non du passé, afin qu'advienne ce que dans le jargon des hommes on appelle, ô Seigneur, un progrès.

Et parce qu'au même instant, en n'importe quel point de cette surface idéalement plane qu'est la terre, se produisent des milliards de déchirures rétives aux lois de la cicatrisation, c'est au ciel – au ciel *nouveau* – qu'échoue la tâche ingrate d'éloigner l'humain de ce centre confus baptisé *soi*, et donc au ciel secret où s'ébat l'Esprit-Saint que les pensées d'Antoine, de moins en moins indemnes, se consacrent tandis que son corps adolescent nage immobile muet sourd scindé au sein de la pétrie surchauffée de Roch Briand. Et si les cosmochiennes perçaient l'enveloppe du Saint-Esprit ? Si le Douglas du major Bridgeman décapitait son nimbe tout-puissant ? Si les nations de ce monde, dans leur crasse impiété, débusquaient sans y prendre garde son héros invisible ?

À la faveur du sommeil, et d'autre chose, un carrousel l'appelle, le happe, d'immenses polyèdres s'imbriquent et s'articulent, des arches électriques se gondolent et font lierre autour d'axes semblables à des geysers de feu. Une boule de feu gargouille, se lézarde, et de ses fissures ruissellent des nirvanas de sons. L'instant est galactique mais tient dans la rétine, qu'il dilate et ravit.

Antoine retient son souffle, ou plutôt son souffle le retient, comme au centre d'une goutte impossiblement étirée qu'un plan d'eau tenterait d'avaler, il attend la chute, la secousse, s'en remet une fois de plus aux décrets de la foudre. Mais alors que le contact est sur le point de se faire, la poigne du boulanger Roch Briand se referme sur son épaule et la vision se dérobe, dans un froissement tel qu'il entrevoit, brièvement, l'image d'une colombe vissée en elle-même puis évanouie.

Va donc chez Fallavet chercher une balle de farine, sans quoi on va manquer pour la troisième fournée. Oh, tu pionces encore, Antoine ?

Loué soit Dieu, pense le mitron tandis que le boulanger sauve *in extremis* les pains du four, son visage enragé par les flammes.

*

Peu après, consciencieusement multipliés par les lois du commerce et le rituel de la consommation, les pains des trois fournées du 16 août 1951 s'invitent dans la vie d'Antoine et de ses concitoyens, où, une fois de plus, ils sont soupesés, manipulés, rompus, tranchés, mordus, beurrés, mâchés et avalés par plus de deux cents Spiripontains. Mais ce jour-là, il y en a quelques-uns pour commenter l'aspect grisâtre de la mie et le goût de plomb de la croûte. Aux premières critiques, éparses, non concertées, succèdent alors malaises et vertiges, et en quelques heures ce pain dont Antoine a été le premier à ingérer la chair viciée à la sortie du four, ce pain quotidien, ô Seigneur, promis et accordé à tous Tes fidèles, ce pain omniprésent dont ni Mishka ni Chizhik ni le major Bridgeman ne connaîtront jamais la saveur, devient plus dangereux que tous Tes fléaux réunis.

2

SOLEIL

Le chas par où passent tous les fils des symptômes recensés, le nom enfin donné au mystère de ces maux tient en une syllabe : le PAIN !, syllabe que les docteurs Gabbaï et Vieu prononcent nerveusement au téléphone, entre deux consultations, après d'inévitables recoupements, puisant dans leurs souvenirs et lectures. Une syllabe – PAIN ! – qui, une fois lâchée dans leurs salles d'attente, se greffe aux palabres des patients avant de subir dans leurs esprits toutes sortes de mutations, où elle enfle et dore, devient le sobriquet d'un démon dont il semble bien que tous aient, dans l'inconscience du quotidien, ingéré l'infecte carne.

Le pain les a empoisonnés. Plus de deux cents personnes ont goûté à la fournée de Roch. Des milliers de dents se sont refermées sur sa croûte en l'espace de quelques heures, à croire qu'un insensé, disséminé dans une pléthore de miches, s'est pris de passion pour les consciences, jeunes ou vieilles, mâles ou femelles, bien décidé à en forcer les portes perceptives, entraînant dans sa consommation tout ce qui reste de piété et de raison, ces deux socles sur lesquels il est possible, paraît-il, d'ériger une société suffisamment rassise pour résister au pire.

La première victime est la nuit. La lumière du jour a beau décliner, les rues étroites de Pont-Saint-Esprit s'enfoncer dans l'ombre, le sommeil ne vient plus et, désormais, se noyer en soi est refusé, l'œil larmoie mais ne se réfugie plus à l'intérieur du crâne. La fatigue œuvre, certes, et parfois les pensées se détachent du tronc commun de la vigilance, mais à aucun moment le glissement, l'estrapade attendue, le somme. L'organisme n'est plus que veille.

Ce sont d'abord des angoisses, des pincements au cœur, l'impression d'être saigné à blanc, puis viennent les vertiges, le déplacement des axes, certains vomissent, d'autres sentent leur sueur grésiller à même la peau, des moiteurs les prennent à mi-geste, des pâleurs brusques qu'ils scrutent dans le miroir de la salle d'eau et où certains discernent un masque décollé, et derrière ce masque, un autre masque, instable.

Au début, leur démarche ébrieuse les surprend, mais l'euphorie balaie vite le sentiment de n'être plus tout à fait ce nœud qui rappelle qu'un fil existe, tendu entre soi et l'autre. Alors surgissent les bêtes, toutes sortes de bêtes, féroces, insatiables, bien souvent des tigres, mais n'ayant gardé de ces fauves que l'aspect strié et l'haleine brune, et dont les rugissements ébranlent jusqu'aux murs des chambres. Repousser leurs assauts exige une volonté qu'ils sentent hélas voilée par l'insomnie. Des idées se forment et s'affrontent dans leurs esprits, pareilles à des douleurs pressées de déserter la dent.

Ils s'égarent dans leurs propres gestes, prêts à saisir l'ombre d'un fruit oublié sur la table de la cuisine ou le cercle laissé dans l'air par la bouche ; ils courent le long du fleuve en cherchant dans leurs souvenirs un caillou qu'ils ont lancé dans une autre vie et qui, nécessairement, ne va pas tarder à retomber, moins lourd, plus précieux ; ils allument le poste et laissent les récits d'explorations et de couronnements ne former qu'un seul et scintillant poème où des hommes assoiffés d'hymens et de glaciers gravissent des cathédrales de chair et de dentelles. Ils voient le tracé des os dans le bras replié que le fils dresse entre sa joue et le coup qu'ils hésitent à donner, maintenant que les conséquences défient les causes. Un mille-pattes, parfois, les instruit, complice de picotements qu'ils supposent prémonitoires d'un membre jamais arraché. Les draps sentent le marbre, et dans les cimetières des lueurs étonnantes chantent à tue-tête. Personne, jamais, n'ira sur la Lune, ils le savent, là où les cratères sont pourtant attente, attente pure.

Et voilà que soudain ils voient autre chose que la peau du lait, que la buée du carreau, la sueur des fronts, *voilà qu'ils voient ce qu'ils entendent*, au point de pouvoir décrire, en formes et couleurs, les silhouettes des sons qui de toutes parts se pressent, festives, trépidantes, quasi boréales. Leur cœur se change en une toupie dont ils encouragent les rotations. L'un ouvre la bouche, pour parler ou hoqueter, et il en sort des rivières de cheveux, couleur taupe ; l'autre s'enflamme et nage à même le carrelage, poursuivi par des fourchettes de sang. Des serpents les accompagnent et les moquent, affublés de visages qu'ils devinent provisoires, bien trop lisses. Les ressorts des sommiers n'en finissent pas de bander les forces arrachées aux gisants, et ces derniers s'aspergent d'eau pour mieux confondre les miroirs, ces ennemis.

Des dizaines de Spiripontains sortent ainsi d'eux-mêmes, arpentant la nuit pour tâter sa pulpe saugrenue. Et dans la nuit, tous découvrent des trous, par où s'absenter, sans rien déchirer. Ils trahissent le temps, escroquent l'espace. Ne dorment plus, s'esclaffent à toute heure, pédalent yeux fermés sur la place de la mairie, acclamés par leurs propres mains, abusés par leur cycle, ou bien restent prostrés sous leur lit, dans la poussière et l'effroi. L'épicier Albert compte et recompte les perles du rideau qu'une main – la sienne, pas la sienne ? – écarte sans raison, en un calcul interminable qui va de un à l'infini puis de l'infini à un, en passant, à mi-chemin du laborieux inventaire, par l'escale du zéro, bouche fabuleuse d'où il faut pourtant ressortir, hagard, autre. La veuve Moustier sent le plafond s'abaisser, les murs se rapprocher, et se dit que Dieu reconnaîtra les siens, puisque la voilà lamproie, puis tortue, puis rien. Le petit Maxence s'étonne que son ombre n'ait plus d'ailes et dévore ses cahiers d'un puissant appétit.

Les heures ont soudain la densité de ces pierres qu'on mâche en sautant du toit. Tous transpirent, balbutient, franchissent la distance considérable qui sépare la chaise de la table et l'envie de l'acte. Leurs entrailles se vident, et les mets restitués se parent de mille appendices et s'en vont danser la gigue dans le couloir. Délivrés d'hier, les intoxiqués de Pont-Saint-Esprit cèdent à toutes sortes de convulsions qu'ils baptisent et célèbrent.

Les animaux, ceux qui ont mangé du pain de Roch, laissent croupir leur instinct dans une ombre qui n'est plus la leur. Le chat de Mme Moulin, le gros tigré, après une longue halte devant son écuelle où la mie avale le lait, cherche à coups de tête dans le mur une faille que ses yeux étrécis ont cru voir, mais la pierre ne cède pas, et il se fracasse jusqu'aux derniers des os sans même miauler, son corps chiffon presque brûlant quand sa maîtresse le ramasse, d'une paume incrédule.

Dehors, dans la cour, les canards défilent, bec béant, les ailes battant à contretemps, épouvantés par leurs propres cris. L'un entre dans la maison et se colle à la paroi du four, d'où rien ne peut le déloger, enfin serein dans la folie roussie de ses plumes. Ailleurs, dans une autre cour de ferme, mais sous le même soleil, le chien des Robier s'immobilise en plein saut, mord les particules de poussière, puis s'empare d'un caillou et s'y brise les crocs. Le sang épais qui bave de ses babines a sur lui un effet apaisant, il le boit, mort déjà.

Tous les enfants intoxiqués ont froid, d'un froid qui pourrait être un récit si son dénouement n'était entièrement composé de feu. Les tapis, les tableaux, les carreaux des fenêtres, les affiches, les plaques d'égout, les enseignes, et les journaux dépliés, les nappes à l'étendage, les visages accrochés aux murs du salon, tous sont réveillés de l'intérieur par des insectes inconnus et palpitent d'intentions sans commune mesure avec leur nature. La petite Simone jette au loin son toton, se sachant soudain de bois, puis, sceptique, se précipite dans l'âtre où la braise rend son jugement. La salive rend les lèvres grises, les pupilles laissent tout passer, un cheval noir balaie de sa queue blanche le ciel crépitant d'abeilles. Les linges, trop longtemps appliqués sur la peau moite, sentent la crotte de souris. En haut d'une échelle, un très vieil homme en bleu de chauffe continue de gravir sans cesse le dernier échelon, de plus en plus jeune dans sa chute imminente.

La nuit, des attroupements se forment, tous âges confondus, on veut parler et pourtant on fredonne, certains sautent sur place, puis, croyant entendre la terre chuter d'un cran, se figent et dissimulent leurs doigts dans une bouche qu'ils espèrent joyeuse. Alitée jour et nuit, une mère de famille tend les bras, tous les bras, tellement de bras qu'elle n'arrive plus à les dompter, tandis que sa sueur tombe du plafond, grave, musclée, familière. Un tourbillon composé de boyaux de bicyclette descend la grand-rue, cornaqué par un employé municipal qui lui dédie aussitôt une ode faite exclusivement de multiplications et de divisions. Les frères Lampin dessinent dans la poussière le schéma exact d'un viaduc censé diriger le mistral vers d'autres contrées, ils s'y reprennent à cent fois, effaçant traçant effaçant, sous le lampadaire qui n'en finit pas de pousser.

Hommes, femmes, enfants, tous marchent pendant des heures, sans jamais qu'un trajet naisse de leurs pas, tous montent des marches qu'ils redescendent aussitôt, à la fois effarés et rassurés de ne pas sentir de différence notable entre l'effort de gravir et la joie de descendre.

On se reconnaît pour la centième fois en une heure, et il est de nouveau procédé à des échanges de vues et de sensations, de rires, de mots écorchés, certains se bousculent avec gourmandise, il y a tant de choses à décrire, à commenter – un accroc à un napperon qui de jour en jour se déplace, jamais au même endroit, jamais de la même taille ; une porte qui s'ouvre le matin vers l'intérieur et le soir vers l'extérieur et dont la poignée, pleine d'échos, réclame palpation ; un chien dont il faut absolument rapiécer les aboiements. Tout se discute, se compare, s'échange. Une nuit, à quatre heures du matin, un petit groupe décide de vider entièrement un bahut, et voilà qu'on s'interroge sur telle ébréchure, tel motif, voilà qu'on applique la paume sur la circonférence des verres afin d'admirer le cercle laissé sur la peau, musical. On retrouve des photos sur lesquelles ne cessent d'apparaître de nouveaux amis, des parents improbables. Une nappe blanche, roulée en boule et posée dans un coin du salon, donne à certains l'idée de fabriquer de la neige, aussitôt on sort des bassines pleines d'eau, qu'on transporte à l'autre bout de la ville, pieds nus, en énumérant tous les noms de pays qu'on a lus dans des livres qu'on écrira peut-être quand de nouveaux doigts pousseront.

Alertés, les services sanitaires contraignent les boulangeries de Pont-Saint-Esprit à fermer. La biscotte connaît alors son heure de gloire. Puis les premiers décès surviennent, les crises s'intensifient, et l'été n'est plus qu'un pyromane.

*

Antoine revit. Lui qui n'a connu du père que la volée de coups portés à la fragile membrane de peau maternelle qui le séparait de la lumière, une peau dont il n'a jamais senti le grain et encore moins l'anse tiède ; lui qui n'a retenu de la mère que le goût salé du sang essuyé à même ses minuscules lèvres quand la vague de contractions, violentes, inégales, par les coups du père déclenchées, sciemment donnés, précipitèrent l'expulsion et firent qu'il naquit, à l'instant même où celle qui l'avait nourri pendant sept mois et demi grimaça, hoqueta, cria puis fixa le plafond du blanc de ses yeux, après qu'une dernière crispation l'eut tordue en une parodie d'orgasme ; lui qui a passé les onze premières heures de son existence hébété, racorni, gelé dans une boîte en carton bourrée de chiffons et de linges sans se douter qu'il existait plus cruels que les rats ; lui qui ne posait jamais de questions ni n'exigeait d'attentions, et se mordait la main plutôt que de la porter sur ceux qui, croyant bien faire, le giflaient parfois, mais toujours pour son bien, toujours en vue de le réformer ; lui qui n'entendait pas grand-chose à son corps, ou si peu, et encore moins à cette entité que le curé et les dictons appelaient l'âme ; lui qui savait déjà qu'aimer ici-bas ne serait jamais pardonné ; lui qui ne parlait presque jamais sinon pour acquiescer ou se dérober ; lui qui aspirait à suivre l'exploit du Saint-Esprit – aujourd'hui chante et s'époumone dans des herbes qu'il suffit de laisser fuir entre les doigts pour que la nature, éclaboussée, rougisse.

Soudain l'été brûle, et avec lui Antoine, la totalité d'Antoine, désormais plus malléable et plus sensitif que la rive épargnée par la garrigue dans laquelle son corps recommencé s'aventure avec précision et délectation, plus malléable mais aussi plus électrique. Enfin l'été brûle, bafouant les timides espérances du printemps et les reliquats d'un hiver aussi abstrait que la guerre de Cent Ans.

À ses pieds le Rhône ressasse ses eaux de glaise et de diamant, déchiré par les piles du pont, ses forces fendues aussitôt reconstituées une fois l'obstacle contourné. L'herbe avance, par touffes disciplinées, esquivant les rares bourrasques. Antoine sait que le règne artificiel du vrai et du faux touche à sa fin. Toutes ces années passées accroupi dans la chair d'un enfant de chœur ont sécrété au fond de lui une matière, une boule informe, aux ingrédients nocifs, et voilà que le soleil gardois, dont le volume a doublé, triplé, quadruplé ! façonne cette tumeur jugée inerte par la conscience, la triture et l'attise pour mieux lui redonner toutes ses chances.

Il aime à penser qu'il a été le tout premier Spiripontain à goûter le pain maudit, et à en tirer les bénéfices. Certes, comme les autres habitants qui ont consommé la même fournée, il a eu la sensation que son pouls s'arrêtait, comme eux il a redouté le son de sa propre voix, mais tous ces dérèglements, qui rendent les décisions hasardeuses et truquent les distances, s'accompagnent chez lui d'une euphorie qu'il veut irrévocable, et il se fait l'artisan et le compagnon de cette béatitude, sans s'inquiéter des ravages qu'elle occasionne chez les autres intoxiqués. Il reprend régulièrement de ce pain dont il a empli sa besace.

Après plus de quarante heures passées sans dormir, sans même envisager une seule seconde la possibilité ou l'attrait du sommeil, le corps n'a d'autre issue que de renaître à lui-même.

Des bruits lui parviennent, nés de la ville, évadés de ses rues, un formidable essaim d'où il est facile, et même amusant, d'extraire les peurs comme s'il s'agissait de simples dards. Il entend les cloches sonner le midi et savoure la panique à l'œuvre dans l'angélus. Quel besoin a-t-il d'une mère ? Il lui suffit de poser la paume de la main sur la pierre du mur pour que l'idée même de maison se vide de toute pertinence et que le foyer devienne nuage. Ses origines ont aussi peu d'attrait à ses yeux que l'amère sacoche du placenta dans laquelle, s'il a tout sucé, il n'a pourtant rien appris, rien su des ruses du réel, seulement entendu l'écho des coups de pied au cul expédiés par le père. Fumées, vapeurs, poussière : tout se prête à une sculpture instinctive. Il plonge souvent dans le Rhône et jouit longtemps, forme sauvage parmi les eaux sauvages.

Quand il revient sur terre, le vent sèche sa peau et c'est dans le plus simple appareil qu'il se rend aux pieds de la Vierge dont le socle – gris, brûlant, râpeux – se laisse convoiter par les lézards et les mouches.

*

Même le désarroi a besoin d'être orchestré. Ce n'est que le 19 août au soir, alors qu'il rentre d'Ardèche où il est allé chercher son fils laissé en colonie, que le boulanger Roch Briand, "étrangement surexcité et se sentant doté d'une force surhumaine", *dixit* lui-même, est averti des ravages occasionnés par le pain. Au même moment, ou presque, les docteurs Gabbaï et Vieu, partis en quête du maire afin de l'alerter, croisent dans les rues de Pont-Saint-Esprit toutes sortes d'égarés d'eux-mêmes, qui tendent les mains pour repousser la peur, ou la pétrir, et commentent l'actualité en chantant, évoquent des événements que personne jamais ne vivra, trébuchent, virevoltent. Certains se déplacent à vélo en raclant volontairement les murs. D'autres toussent, dans l'espoir que l'air expulsé les aidera à reculer.

Le maire interrompt son repas dominical pour écouter les deux médecins, une serviette roulée en boule au creux de sa main, qu'il finit par oublier, et que la transpiration rend plus spongieuse qu'un chaton noyé, au point qu'il croit presque l'entendre miauler. Les symptômes décrits, cas par cas, s'étoffent et se complètent à mesure que ses interlocuteurs s'animent, il est question d'étourdissements, de sautes de la tension artérielle. Le docteur Gabbaï, lui-même, semble n'exister que par intermittence, il ne cesse de repousser du pied une chaise dont il, c'est clair, se méfie, et Albert Hébrard, de moins en moins maire, finit par trouver à la chaise un aspect retors. Il est aussi question de baisse abrupte de la température, de pouls infiniment lent, bref, tous les symptômes convergent vers la même cible, syncopes, vertiges, visions, oui, tous l'atteignent, et il faut agir vite, car le cœur, celui de la ville, celui des hommes, et même peut-être celui de la chaise, va céder si l'on ne fait rien ! Le cœur délictueux du temps capituler.

Le lundi matin, alors que passent sous ses fenêtres des silhouettes inadmissibles, Albert Hébrard décroche le téléphone de la mairie et prévient tour à tour la Direction départementale du service de la Santé, la Préfecture, le procureur de la République et la gendarmerie, s'efforçant d'exposer le plus calmement possible la situation, puis se ravisant, effrayé à l'idée que son calme puisse contredire l'urgence de la situation, se forçant soudain à accélérer son débit, à ne pas finir ses phrases, à se répéter, pour très vite se ressaisir, conscient qu'un discours confus risque de compromettre le sérieux de sa démarche, plaisantant alors, parlant d'autre chose, du temps, s'interrompant lui-même pour relativiser, s'en voulant aussitôt de cette insouciance feinte, revenant à la charge, insistant pour qu'on réveille le procureur, affole les gendarmes, monopolise tous les rouages de la Préfecture, jusqu'à ce que ses interlocuteurs lui demandent avec un certain agacement s'il exige la mise en place d'une formidable quarantaine ou un simple formulaire en deux exemplaires.

Il convient que, depuis Nîmes, les choses doivent paraître nébuleuses, mais justement, justement, elles le sont, leur nature n'est rien d'autre, ils vivent dans un nuage, vous comprenez ? Un nuage sans visage, dans lequel une noire électricité s'accumule, que leur peau absorbe, que leurs gestes déploient, et qu'aucun remède – aucun ! insiste-t-il longtemps après avoir raccroché – ne saurait soulager.

Ce même lundi, en début d'après-midi, voit l'arrivée discrète de Georges Gillot, inspecteur de la Répression des fraudes, accompagné de Chevalier, un agent sanitaire, et de trois agents de l'Office national interprofessionnel des céréales, lesquels procèdent à divers prélèvements, s'entretiennent avec les médecins, quelques meuniers locaux, ainsi qu'avec un Roch Briand surexcité par soixante-douze heures passées sans fermer l'œil. On en est encore à s'interroger sur la possibilité d'une intoxication par le pain, du moins un de ses composants – l'eau ? la farine ? le sel ? la levure ? –, à inspecter les coins et recoins du fournil de Roch Briand, à soupçonner des traces de plomb là où même l'ombre n'ose s'aventurer, à démêler les trajets contradictoires empruntés par tel ou tel sac de farine dans la nuit du 15 au 16 août, à *dépanifier* en pensée tout ce qui a été *panifié* en acte quand soudain un fait nouveau donne aux procédures l'impulsion panique qui leur faisait défaut : Félix Mison, un des premiers intoxiqués, vient de décéder. Hébrard rappelle alors Nîmes en espérant qu'à défaut de lui envoyer l'armée on admettra que la mort rôde.

Le mardi matin, les boulangeries de Pont-Saint-Esprit reçoivent interdiction de fabriquer et vendre du pain, et de nombreuses mains sont réquisitionnées pour rapatrier en lieu sûr tous ces farineux poisons, qu'il faut ensacher, transporter et emmagasiner, jusqu'à ce qu'on arrive à un total, apparemment rassurant, de deux mille quatre-vingt-neuf pièces à conviction. Enfin, après consultation téléphonique entre Parquet et Préfecture, il est décidé que l'enquête judiciaire ne sera plus menée par le maire seul. Le lendemain matin, ce dernier organise une réunion où sont conviés les trois médecins ainsi que le docteur Roche, de la Santé départementale, réunion suivie un peu plus tard dans la soirée d'un conciliabule d'urgence, au cours duquel de pesants intervalles d'apathie viennent modérer divers éclats.

Le "mal" qui ravage Pont-Saint-Esprit est d'autant plus perturbant qu'il est collectif, mais à la différence des diverses idéologies encore en vigueur après-guerre, des engouements sportifs et des célébrations religieuses, ce mal-ci ne dévoile pas ses objectifs, ou du moins n'en affiche aucun de distinct, rien qui puisse, même par son aura effarante, sédimenter les peurs, conjuguer les attentes. Le mal avance masqué, et ses masques sont légion.

*

L'intoxication est féroce, ses origines éprouvantes. Violemment exhumé du fond des âges noirs, et comme chu du *Retable d'Issenheim* où Grünewald avait entassé ses visions, instaurant sa loi dans la cité gardoise encore titubante de l'après-guerre, vient de resurgir, plus inquiétant parce que prétendument disparu, le fameux "mal des ardents", l'*ignis sacer*, le spectre de l'ergotisme, et avec lui la perspective de moignons boucanés, d'yeux révulsés, de spasmes et de rictus, de flammes omniprésentes, d'appels à la délivrance – un mal que la médecine attribue au seigle, lequel voit parfois son grain adopter la forme d'un ergot de chapon.

L'apocalypse aime à germiner dans le détail. Avant de ravager des régions entières entre deux épidémies de peste, l'ergotisme se complaît dans les préliminaires et se fait les dents sur l'épi, s'attache au seigle. À l'abri des regards, le sclérote, ce champignon friable aux extrémités affinées qui évoque presque une cigarette oubliée dans la poche arrière d'un pantalon, possède en surface, comme autant de poils agressifs sur une joue pubère, des stromas, sortes de minuscules pilons à tige pourpre, dotés d'une caboche rose, qu'un rien contraint à onduler. Ces stromas, qu'ils dansent ou non, sont grêlés de conceptacles, des berlingots en creux contenant les asques, où reposent, plus graciles qu'il ne sied à des gouttes de venin, les ascospores, huit par stromas, qu'une gifle du vent, le rebond d'une goutte de pluie, le caprice d'un insecte dispersent, leur permettant ainsi de corrompre les fleurs naissantes du seigle, à moins qu'excitées par la chaleur de l'été elles ne se propulsent d'elles-mêmes dans l'air ambiant, boulets s'arrachant au canon de l'asque – tant il est vrai que le végétal a des pulsions martiales.

L'Europe médiévale avait été jadis le terrain de jeu privilégié du sclérote, et les moines d'alors crurent bon et salutaire de consacrer leur modeste emploi à la description des farandoles générées par l'ergotisme, qu'on aurait tort d'imaginer épicées de bacchanales, car le sexe n'était jamais – hélas ? – convié dans le chaudron de ces hallucinoses. Les récits d'antan disent assez ce qu'ils escamotent : "Une malade se rendait à l'hôpital sur un âne, lorsqu'elle heurta un buisson. Sa jambe se détacha au genou et elle la porta à l'hôpital en la tenant dans ses bras." Le mal commence par une sensation incommode aux pieds, une sorte de fourmillement ; puis il se porte aux mains et à la tête. La maladie dure deux, quatre, huit, quelquefois même douze semaines, ponctuée de fallacieuses rémissions.

3

DÉSERT

Dehors, dedans, Antoine est partout, sa chemise grande ouverte sur son torse, ses gestes de plus en plus métaphoriques. S'il ramasse un bâton, celui-ci devient aussitôt canne, houlette, et cingle l'air comme si l'air était une échine aspirant à ployer. Ses cheveux se sont mis à friser et leur éclat roux, sous le soleil, ne cesse de pâlir. Se regardant rarement dans le miroir, il ignore que ses traits, non contents de s'affiner, semblent s'être enfin accordés, imposant à son visage une tension permanente qu'une ombre de barbe nuance. La finesse de ses doigts n'a pas eu le temps d'être contrariée par le labeur des pétries, et ses ongles, qu'il ne ronge plus, demeurent étonnamment blancs, renforçant la teinte ambrée de ses mains. Depuis le début de l'année, il a pris une dizaine de centimètres, et sa voix, quoique rare, se casse par intermittence, fendant l'écorce de l'enfance, donnant l'impression qu'un propos aviné clapote sous ses moindres inflexions. Il s'est mis à rouler et fumer, renouvelant son stock d'attitudes, intrigué par la propension qu'ont les gestes à réinventer certains mouvements du corps, depuis celui qui préside à la subtile manipulation du papier à rouler, pincé de part et d'autre entre pouce et index, jusqu'au quart de cercle effectué par le bout du pied sur le mégot jeté, en passant par la langue tirée et recourbée afin de mouiller la frange supérieure du papier, sans compter le plissement des paupières à l'approche de la flamme, née d'un grattement étudié de l'allumette que la paume, épousant l'empreinte d'un sein, protège. Et aussi : le signe presque de croix opéré par la main droite qui, après palpation, trouve dans la poche supérieure gauche le paquet qu'on tape alors à deux ou trois reprises sur la paume afin que surgisse le clope ; les doigts en pince qui prélèvent le brin rêche sur la langue, entre deux bouffées, mettant en apnée le propos tenu.

Avant, il lisait la Bible à tous moments, au hasard, avide d'y dénicher les empreintes de son mentor le Saint-Esprit, tels des indices laissés par un fugitif jouant avec des chasseurs de primes. Aujourd'hui, il préfère suivre les vicissitudes des mortels dans les quotidiens régionaux, leur feuilleton parfois un peu redondant interrompu ici et là par des charades et des casse-têtes, comme si la litanie des crimes avait besoin d'être rythmée par de modernes hiéroglyphes.

Antoine se sait différent, n'ayant jamais torturé de chats, ni incendié de fourmilières. Il trouve l'alcool insipide et les filles éphémères. En revanche, il connaît les herbes, sait si elles piquent la peau ou entament la pulpe, entend le jargon des plantes relayé par les bourdons, aime à presser les bourgeons à l'aube pour stimuler leur beauté contenue, comprend la mousse qui est boussole, et décrypte, dans la poussière ou la boue, le code fourchu des sabots aussi bien que la signature des pattes, sans parler des grossiers aveux laissés par les bottes. Plus d'une fois, il a réussi à approcher un chevreuil à moins de vingt mètres, en empêchant l'animal de décider qui épiait qui ; un jour un blaireau l'a longtemps toisé, amusé. Les guêpes aiment à se poser sur ses avant-bras, les mouches le laissent tranquille. Tout n'est à ses yeux que réincarnation, fusion, et il conçoit l'épiphanie comme une tâche à accomplir, dans le morcellement inspiré du quotidien.

Le monde peut bien se suicider, hoqueter, avaler jusqu'au dernier coupable, étancher sa soif d'immondices, c'est sans conséquences, car les yeux d'Antoine conspirent avec ce qu'il voit. Langage souvent dérange.

Depuis que les liens entre les choses ont cessé d'être invisibles, abstraits, pour devenir filaments, tout se révèle préhensible, sujet à déplacement, torsion, invention. Phrases, souvenirs, chaises, éclats de rire, feuilles chassées par le vent, reflets sur un pare-chocs, claquement de volet : l'esprit les saisit comme on saisit des rouages et procède à des assemblages audacieux, provoque des déraillements nécessaires. Il s'agit avant tout de ne pas se laisser broyer, de ne pas prêter aux choses plus de malice qu'elles n'en peuvent tolérer, de contrôler leur fuite, si fluide soit-elle. Il faut, comme à l'époque où Antoine servait l'autel, croire sans croire, recourir aux ruses de la foi, acquiescer puis disparaître, discrètement actif au sein d'une comédie de la passivité.

*

Une semaine. Une semaine qu'il a cuit le pain d'où a surgi le chaos. Après l'ingestion, une fois ressentis les premiers vertiges, il n'est pas allé consulter, évitant même le docteur Gabbaï quand celui-ci, bien que débordé, a cherché à l'aborder pour en savoir plus sur les prémices de la crise. Depuis quelque temps, Antoine ne se déplace pas sans sa musette, pleine de quignons rassis, de délicieux pain maudit, qu'il grignote chaque fois qu'il veut reconfigurer cet opéra fabuleux qu'est, enfin, le monde. À chaque fois, au bout de quinze à vingt minutes, la décharge se produit, toujours unique, bouleversante, intransmissible. Il s'y abandonne, et d'être enfin le dynamiteur de soi l'emplit d'un bonheur qui n'a rien à voir avec la joie du contentement ou la déflagration du plaisir. Il s'agit de *tout autre chose*. D'une vie nouvelle.

Un destin qu'il sait céleste se profile devant lui, une précieuse catastrophe, et le fait même que l'intoxication se soit produite le jour de l'Assomption autorise à ses yeux autant les conjectures que les espoirs. La fournaise dans laquelle viennent d'être plongés le temps et l'espace a fait du ciel un aliment, comestible à volonté.

Les personnes qu'il croise ne sont plus qu'une galerie de grimaces, et leur démarche semble celle de ministres découvrant dans le journal le portrait de leur maîtresse décapitée. Les fermes voisines, délaissées par leur janissaire, ont lâché sur la ville un harem de canetons et de porcelets, que les eaux du Rhône finissent par ensorceler puis noyer, culs blancs et ventres roses dérivant en bonne intelligence. Déjà quelques reporters de Lyon – et même de la capitale ! – montrent patte blanche et carte tricolore, ils s'accoudent au zinc avec des airs d'exilés hésitant à demander l'adresse du bordel le plus proche, jettent des quignons aux pigeons puis les photographient avec leur Rolleiflex, presque étonnés de ne pas les voir se transformer en vautours.

L'après-guerre a rendu les tranquillisants aussi rares que la germanophilie, et l'on cherche en vain de quoi soulager les victimes de l'intoxication, on essaie le Gardenal, on s'en remet à la morphine, puis on revient à la seule panacée susceptible de prévenir les défenestrations et autres désirs d'émancipation : la camisole de force. Mais les intoxiqués rongent les lanières de cuir, déchirent la toile, foncent tête baissée et bras liés vers les carreaux des fenêtres, si désaxés que leur propre voix les fait se retourner comme des girouettes inquiètes. Août les a réveillés, crachés, touillés. Qu'à la guerre, qu'aux battues, tortures, dénonciations, rafles, mitrailles, qu'aux défaites, espoirs, mensonges, dénis, qu'au semblant de printemps et à l'imprudente habitude ait succédé *cela*, cette ivresse au-delà de l'ivresse, cette interminable sécession de l'être et du paraître, on n'y peut rien, au passé nulle dette, au présent pas le moindre respect, et quant à l'avenir, nous T'en laissons l'usufruit, ô Seigneur.

Les gendarmes ont affaire à d'aberrantes catégories de crimes. On les appelle pour des résurrections incomplètes, des séquestrations végétales, ils doivent séparer des époux qu'un effroi commun a glués, déterrer un chiot qu'on leur a décrit comme ayant l'entrain, la taille et les yeux bleus d'un gamin de onze ans, écouter des aveux qui se révèlent de simples prières ou de complexes modes d'emploi, expliquer à des enfants qu'il leur est impossible d'extraire de ce puits, quels que soient leurs efforts et leur bonne volonté, la dépouille d'un imaginaire rejeton.

Et quand revient la lucidité, comme après une gifle, quand les formes s'assagissent, ne laissant sur la rétine que l'empreinte de leur folie passée, l'esprit provisoirement allégé n'en est que plus vulnérable, car chacun sent que le décor menace ruine, que la pierre est carton, que les gestes, pour peu que l'insouciance les prolonge au-delà de leur limite charnelle, risquent d'entraîner toute la sainte machine dans une déroute que seuls l'abrutissement ou la mort parviendront à maîtriser. Des envies, aussi distinctes que des élancements dans le pouce causés par une coupure profonde, profonde et volontaire, rendent dangereuse la moindre velléité de raisonnement.

Les patients les plus atteints sont alors enfermés dans la salle Allègre-Chemin de l'hôtel-Dieu, où, baignant dans une sempiternelle odeur de souris et d'urine, la somme de leurs maux décuple.

*

Quand Antoine rejoint la troupe des internés en fin de journée, ceinturé par deux infirmiers, la chambrée entre en rage. José Puche, mineur de son état, se précipite vers les trois hommes et leur explique que ses orteils sont des antennes, qu'il capte Radio Luxembourg, puis il enjambe la fenêtre et annonce avant de sauter : "Regardez, je suis un avion, je vole", se brisant la cheville gauche sans que son exaltation en pâtisse, à peine soulagé par un cri qu'il veut victorieux. Les deux hommes confient Antoine aux soins d'une infirmière aux lèvres exsangues et se dépêchent d'aller récupérer le mineur, qui déjà clopine en direction du Rhône où il compte renouveler son expérience de chute libre, suivi par un corniaud désœuvré. Il faut fermer les fenêtres avec du fil de fer.

Trente "demi-fous", ainsi que persiste à les appeler le personnel de l'hôtel-Dieu, un personnel rompu aux lubies cacochymes de résidents nés pour la plupart à l'époque où Garibaldi enflammait Dijon, trente Spiripontains, nouveaux disciples de la folie panaire, se mettent à dégrader un mobilier dont ils ne doutent pas qu'il soit animé des plus atroces intentions, chaque tiroir abritant non pas des démons mais des couteaux avides de plaies, des seringues assoiffées de sang, des pansements voués à la strangulation. Le maire doit alerter le secrétaire général de la Préfecture et la directrice adjointe de la Santé pour obtenir l'autorisation d'interner d'office cette tribu de branquignols, *non mais ici on n'en peut plus*, se déclarant prêt à assumer la responsabilité, morale et administrative, de ce recours, agacé par les formalités qui déjà suintent de la machine judiciaire comme d'une clepsydre fêlée.

Dans la main du maire, le téléphone pèse mille boisseaux. Faut-il vraiment déranger le préfet ? lui demande-t-on. DES MESURES EXCEPTIONNELLES !!! hurle-t-il tout bas, avec dans la voix assez de contrariété pour que les majuscules fassent leur office à l'autre bout du fil. Donnant des exemples. Citant des cas. Tout ce temps fixant une mouche qui va d'une tache de café sur la manche de la secrétaire à un… un cil ?, oui, un cil, collé au carreau, mais de quel côté, ça, ni le maire ni la mouche ne le savent, tant de mystère ici-bas, DOIS-JE ME RÉPÉTER ?! On comprend. On s'alarme. Des analyses sont en cours, lui assure-t-on dans un froissement de documents qui évoque les cabrioles d'un chaton dans une corbeille à papier. JE N'AI PAS L'IMPRESSION QU'À LYON ON SE – la mouche – une autre ? la même ? – tombe sur le plancher, ni lourde ni légère, sa masse impeccablement proportionnée à sa chute. La secrétaire la ramasse et l'observe, Ah mais si elle pleure c'est le bouquet ! je démissionne si elle pleure, OUI OUI je vous écoute, demain, sans faute, c'est juste cette mouche qui – J'Y COMPTE BIEN ! C'est ce que je dis : j'y compte bien.

On va lui envoyer des ambulanciers dès l'aube, afin de répartir les malades sur Nîmes, Montpellier, Avignon, mais dans l'intervalle il faut "tenir", *FACILE À*

VOUS DE DIRE ÇA, de toute façon le seul remède connu à ce qui est sans doute – mais là encore aucune certitude tant que OUI OUI OUI – une résurgence de l'ergotisme, le seul rempart contre la multipli – la propaga –, le, bref VENEZ-EN AU FAIT, mais j'y viens, j'y viens, la voix au bout du fil comme accaparée par des soucis qu'on sent liés à son environnement immédiat, voix que le maire imagine émaner d'une mouche, prise entre deux carreaux, *JE VOUS ENTENDS MAL*, puis la voix est coupée, ou peut-être pas – HEIN ? C'est pourtant simple, une évidence : il suffit de ne pas consommer de pain ergoté. Tous à la biscotte et l'ordre reviendra !

Au pire – pardon : au mieux – on préconise un traitement à base de boissons abondantes, de sérums intraveineux, de vitamines A et B, tonicardiaques, extraits corticosurrénaux, morphine, bromures, hydrate de chloral, novocaïne intraveineuse – et, s'il en reste, Gardenal. Ce dernier calme bien les épileptiques, alors pourquoi pas les victimes du mal des ardents ? LE MAL DES QUOI ? lézardant ? lézardant qui quoi comment ? Une sommité, mandée par la Santé du Gard, a entre-temps analysé l'électroencéphalogramme d'un patient, et son diagnostic est, paraît-il, formel : "On distingue des tracés franchement anormaux traduisant une lésion des formations mésodiencéphaliques chargées de la régulation de l'électrogenèse corticale." La chose est expliquée au maire en termes moins vernaculaires : les intoxiqués ont le sommeil agité, et ce sommeil ressemble davantage à une veille. Au vu des comportements des patients dans la salle Allègre-Chemin de l'hôtel-Dieu, l'explication est, raccroche le maire en jurant, RASSURANTE NON MAIS VOUS VOUS –

*

Les mains contraintes sous les aisselles par les manches en toile de la camisole, une large courroie de cuir râpé lui comprimant le torse et une autre, plus bas, les chevilles, Antoine s'amuse à déchiffrer les signaux que lui adresse une dernière fois, obstinée, pathétique, l'épave réalité. Langage souvent dérange. Quelques heures plus tôt, dans le ventre d'une église déserte, deux gendarmes, rameutés par une veuve que des bruits de marteau avaient arrachée à une rêverie où un long clou jouait un rôle non négligeable, s'étaient emparés d'Antoine, l'empêchant *in extremis* de démâter entièrement le haut christ de buis auquel il s'était attaqué. Ils l'avaient traîné sans rien dire jusqu'aux portes de l'hôtel-Dieu de Pont-Saint-Esprit, où d'autres dévoués avaient pris le relais, lui prodiguant une attention musclée.

Il n'y a plus rien à faire, sinon attendre. Attendre l'irruption d'une crise plus forte encore, à partir de laquelle il sera aisé, en colombe, en pollen, d'atteindre à cet état mystique où plus rien ne compte hormis la diffusion de la lumière. Antoine attend donc. En lui, il le sent, tout ce qu'a bricolé l'hier de sa vie s'efface. Mais tout ce qui s'efface, bien sûr, aspire à un dernier tour de manège et, avant de déserter la conscience, les débris les plus résilients s'offrent un ultime miroitement.

Dans le cerveau intoxiqué d'Antoine dérivent, l'un après l'autre, mais volatils, déchirés, des souvenirs que son organisme salue par des crispations. Autour de lui, les possédés se débattent, hilares, inquiets, plus acrobates que jamais. Des vitres sont brisées, par des coudes et des fronts, les doigts paraissent saigner d'eux-mêmes. Les pieds inventent des rythmes, les yeux scrutent les murs, des propos sont tenus à bout de langue puis ravalés dans un bruit de succion – la sueur fait le reste. Antoine devine que le passé est accessoire, que toutes ces années à transir dans le chœur du Sauveur pèsent encore moins que cette fade hostie incapable de fondre sous la langue et de révéler quoi que ce soit de la substance. Comment a-t-il pu croire un seul instant que le sang du Christ persistait dans les molécules du vin à douze degrés qu'il versait dans le ciboire ? Enfin les coutures cèdent, ici, à Pont-Saint-Esprit, dans ce refuge qui porte le nom éloquent d'*hôtel-Dieu*.

Les premières ambulances arrivent à six heures du matin, les fameuses "1 000 kg" sorties quelques années plus tôt des usines Renault, plus grises que blanches, les dernières encore dotées d'une armature en bois, avec leurs énormes roues dont le court empattement permet des manœuvres suffisamment nerveuses pour qu'une aura d'efficacité nimbe les hommes en blanc qui surgissent par ses deux portes arrière – or voilà que l'un d'eux, un grand aux cheveux gris et ras dérape sur le gravier, et sa chute accompagnée de moulinets fait détaler un chien, qui dans sa fuite effraie une jeune femme arrivant à vélo, une brune un peu empotée qui donne un coup de guidon vers la gauche, mais son pied dérape sur la pédale, elle sent qu'elle va tomber et se raccroche au plus proche élément, en l'occurrence l'épaule d'une vieille femme qui tire une carriole à vide, carriole que la vieille lâche aussitôt, envoyant l'un des bras de ladite carriole percuter le menton du second infirmier qui se ruait, moqueur, vers son collègue, l'abrutissant juste assez pour lui faire perdre l'équilibre, l'obligeant à tituber au moment où apparaît le maire, qui voyant cet homme apparemment ivre croit à une agression – l'ambiance ici est musclée – et repousse l'individu râblé qui s'avance vers lui, abasourdi par la soudaine réaction du maire qui tente alors de lui décocher un crochet du gauche, vestige d'une brève formation de pugiliste, mais si maladroitement qu'il s'ensuit un ballet confus, chacun s'escrimant à la mesure de sa fatigue et de ses motivations.

Faut les embarquer, et fissa, ils cassent tout ! lance le gardien de l'hôtel-Dieu qui a observé de loin la chorégraphie et qui, voyant le soleil dégouliner entre les angles des toits jusque sur la place où les peupliers se dépouillent lentement de leurs sacs d'ombre, n'en peut plus de l'odeur, du bruit, des nuits sans sommeil. Et gaffe aux dents !

Mais qu'est-ce qu'ils ont ? Ça va durer longtemps ce – Quel homme quand même ce Jouvet – Vous avez vu ses – À la télévision oui mais on dit que – Commencez par celui qui mord ses liens, le grand avec – Non nous on va à l'hôpital de Montpellier, faut voir avec Robert, il – Ne l'approchez pas il a passé la nuit à – C'est quoi ce tas, là, c'est pas un – Vous n'y arriverez pas comme ça, prenez plutôt – Non non non – Il paraît que même à – Impossible il vous mordrait, déjà hier il – J'ai l'habitude de ces – Et voilà ! je vous avais pourtant prévenus, ils sont enc – Vite, de la gaze ! et prévenez Madeleine que – Je fais quoi avec cet enfant ? Où sont ses – Il va sauter ! il va sauter ! empêchez – Moi je l'aimais pas trop Jouvet, il me rappelait trop mon – Pas ça, c'est fragile – Si vous le dites – Mais nous le pain on en a mangé, on n'a rien – Parlez-lui comme si – Non mais quelle brute, viens ici mon coco je vais te – Des funérailles nationales, y avait tout le – Ça fait une semaine on n'en peut pl – Elle a dit quoi ? De me les – Vous deviez pas être plus nombr – Hein – Pourquoi ils crient comme ça ? Ils sont d – C'est pas en – Oh mais je vais le re – Paraît qu'ils l'ont arrêté le boulang – Non – Non ? Pas ici, là !!! Moi *Knock* ça me passe au – Mais il a rongé ses – Oui – Avec les dents ? Avec les dents, regardez, y a des chicots partout, c'est – Lui il dort, il est calme, c'est Antoine, le Gardenal a – Pensez pas au – On a tout – Gaffe à son bras ! Moi ce que je préfère c'est quand il… Prenez-le par le – … dit… Ne le frappez pas vous êtes – Et si on – Vous direz ce que voulez mon cher cousin… Lui c'est plutôt – …, il est fort regrettable… Mais qu'est-ce qu'il a – … que Margaret ne soit pas… Le con !… là – Ah oui c'est dans… Quelle force ce vioque il a – … *Drôle de* – Ne lui dites pas qu'on est dans un – *drame !* Quel film, je l' – Zut il s'est évan – Et lui on en fait quoi ? On le – Pas le moment de – Eh, je crois que je me rappelle la suite, écoute voir – Hein ? Vous avez pas des – Le canard l'admirable canard aux… On peut téléphoner où ? parce que – … aux oranges ! Ah oui c'est avant que Michel le – Une aile… Juste quand j'allais le – … et puis deux cuisses !!! Ah ah ah – Le con ! Martin, prends-lui les – On va pas y passer la nu – Vous devez signer quelque chose ? Vous devez pas sign – Aaaaa – Quoi ? Il m'a mor – J'ai un cousin qui – Quoi qu – A le mê – Moi le pain je le – Le même – Jésus !!!! Jésus !!! Ne le p – Rev – C'est fo – Hein q – Ma – Des funérailles nationa – Si j'étai – Moins fort s'il te – Quoi ? Pas le – Quoi ? Et où est-elle exactement… MOURIR ! … cette chère Marga… MOURIR !!! … ret ? Elle est à la camp… Quoi ?… à la campagne. Tu veux que je le – À la campagne, et apr – Moi c'est chaq – Il va se – Empêch – Cher cousin… Ah c'est tord – Ils vont être contents à Nî – Hein ? À Nîmes – Oh mais toi je vais te – Le pain le pain le pain ! Le p –

– et dans les piaulements complices des sirènes d'ambulance qui peinent à couvrir les lamentations des patients qu'on emmène vers Nîmes, Montpellier et ailleurs, comme dans le silence qui leur succède et qui, par un effet d'insistance sonore, continue de geindre, résonnent presque le *oui* et le *non* des pensées d'Antoine dont les souvenirs, un à un, s'effacent – depuis ses pas d'enfant dans la nef quand les orgues l'empêchaient d'imaginer ce qu'il y avait sous le scapulaire de la Vierge, jusqu'aux minutes volées au Rhône, à ses contre-courants qui le cinglaient et le ravissaient. Et, en se défaisant, chaque fil mnésique en entraîne un autre, l'avant-bras de Roch, tout recuit et poudré de farine, se déformant insensiblement pour n'être plus qu'une grosse racine menant à un renflement de terre, hérissé de peu d'herbes, mais toutes rases, et drues, contre lequel Antoine se frottait parfois quand rester dans son lit devenait pernicieux. Des sons persistent dans sa tête, auxquels il lui faut dire adieu, le souffle de sa mère le déposant dans une boîte garnie de chiffons sales, le feulement émis par le vent quand il passait sous sa porte, feulement qu'il aimait associer en pensée à la texture d'une toison humide, née dans la savane de ses rêves. Oui, tout cela est, dans l'ambulance qui renonce à Pont-Saint-Esprit, lentement fourbi par les flonflons des sirènes, rétractant chez Antoine tout ce qui était Antoine, et quand le soleil enfle, prodigieux, dans le ciel languedocien, tandis que la dépouille de Louis Jouvet s'obstine à demander où peut donc bien être cette chère Margaret et que dans le ciel deux chiennes communistes se repaissent d'un major américain, curieusement – langage souvent dérange ! – Antoine

dis

pa

raît.

II

UN SINGE SUR L'ÉPAULE

(New York, 1951)

Il me semble que les drogues sont un des éléments du pouvoir par excellence.

William S. Burroughs

1

LIMBES

C'était toujours la même chose. La nuit tombait, les sorciers quittaient leurs repaires, et les veines, les veines immenses de la ville et les veines de moins en moins fluides des bras, les veines friandes d'espoir recevaient l'inspiration et l'exil sous forme de froides giclées, acceptant sans discuter tout ce que la mort avait à écouler. Aguerri par des décennies de métamorphoses, New York se changeait en blatte géante sous les pieds des exterminateurs – un peu partout les pénitents s'éveillaient, fêlés, floués, comme dérangés par les beuglements de la réalité. Les amants bredouillaient des poèmes de pacotille, puis titubaient vers ce qu'ils prenaient pour l'aube, une parure de ciel faite de briques et de métal où chaque perspective était mensonge. Dans le noir, les mains peinaient à trouver jusqu'au plus banal interrupteur. Mais ce qu'il fallait faire, tous le faisaient, et le cœur repartait de plus belle, le sang les poussait de l'avant, le plus dur était accompli, et le monde lustrait ses promesses comme au jour du dernier cristal.

Défoncée, Lucy usait ses dix-neuf ans à même la panse d'un presque inconnu, pour l'amour d'une fumée qui lui coûtait sa bouche et ce qu'elle croyait encore être son cul. Derrière elle, derrière l'abîme de la rue flanquée de bennes et d'ombres, planquée au bout du Brooklyn Bridge, la farce qu'était Manhattan s'évertuait à brader l'Amérique. Quand la transaction s'acheva, dans une mélopée qui n'en était pas une, les dollars changèrent de pattes et Lucy, à la limite de la reptation, s'en alla rejoindre la foule des invisibles. À deux blocs de là, en haut d'un escalier où les mégots formaient confettis, derrière la dent branlante d'une porte, un matelas l'attendait, sur lequel elle se laisserait tomber sans prendre la peine de se déshabiller, parce que le sommeil, après la passe, était sa façon à elle de changer le monde, rêve après rêve après rêve, dans les verts pâturages traversés d'eaux tranquilles où son âme, assouvie par le nectar du trip, parvenait à oublier que la vallée de la mort est le seul temple où Tu reçois Tes brebis ô Seigneur.

Lucy s'effritait lentement au soleil de la rue, à l'ombre des allées, partout où s'égarer était monnayable. Ses rares amis l'avaient lâchée une fois l'argent du père dissous, noirci, injecté. Six mois vécus à force d'illusions dans un presque monde aux lumières irritables, un monde si savamment, si bêtement, si lâchement effréné que la peau, une fois la rencontre consommée, n'était plus qu'une navrante panoplie d'ecchymoses. Six mois d'escales et d'écroulements, sous les porches, sur des matelas, dans des bars où chaque verre de bourbon cliquetait tel un reliquat de squelette mal fondu. Six mois à explorer les arcanes de la crasse et l'absence de joie, poches trouées, jupe déchirée, cheveux gras, tête lourde, pensées lourdes, cœur lourd, les yeux pareils à deux perles privées de nacre, seule ô si seule.

Des siens, de ceux qui pâlissaient sur les clichés pris par le Brownie familial, Lucy n'avait gardé que l'écho de reproches perpétuels ainsi qu'une lettre de Jack, son petit frère, avant que la trajectoire de ce dernier croise celle d'un énorme bus jaune. L'odeur du père, aussi, quand il sortait de la salle de bains, bite en berne, et la fixait douloureusement dans les yeux, en articulant sans bruit des choses qui venaient du fond de sa gorge cancéreuse et s'en allaient croupir dans les rêves de sa fille, une fois la porte refermée sur l'intime. Ça se passait dans une petite ville du Connecticut, une ville qui n'aurait dû exister qu'à l'état de germes ou de menaces, et non dans la fragile fantaisie d'une gamine à bout de larmes. Et puis un jour il y avait eu des cris, des tornades de gifles, un mot de trop, et même un cendrier, un énorme cendrier en verre, soudain léger, puissant, stellaire entre les mains de Lucy qui n'avait pu faire que le lancer, pour faire taire ce père intraitable et pisseux. Elle vit le sang gicler du front haï et attendit que la pluie de cendres se dépose sur toutes choses pour franchir à jamais la porte de cet enfer hypothéqué.

Elle avait pris un bus, s'endormant presque instantanément, sa joue confiée aux vibrations de la vitre, sentant à peine les routes prendre le relais des rues, abrutie par la gravité livide de l'habitacle, monde à part, monde écarté du monde, uniquement composé de souffles, de soubresauts et de syllabes échappées au moindre cahot. Seules les variations de la lumière graduaient de nuances les visages assoupis. Les arrêts étaient grincements, les pas dans la travée menaces. La peur, recueillement. Elle avait, dans la poche de sa veste, un bout de papier, avec écrits dessus, à l'encre rose, quelques noms, des adresses, et assez de dollars roulés en boule pour tenir une semaine ou deux. Un harmonica, aussi, qu'elle finit par déposer dans la paume d'un gamin noir qui osa lui sourire avant de descendre du bus. Elle ne mangea rien, laissant à sa faim la tâche de justifier tous les nœuds dans son ventre. Son voisin de siège faisait le mort et espérait sans doute l'être, pour ne plus avoir à contempler la griffe métallique et articulée qu'il dissimulait sous un exemplaire du *Boston Globe*. À l'arrière du bus, une très vieille Noire entama un douloureux gospel qu'elle finit par enfouir dans une toux pleine de glaire et de sang. L'humanité. À jamais bâclée. Et dans toutes les têtes, sur fond noir et nauséabond, des oiseaux sans plume, le bec arraché, qui dansaient, sautaient, et refusaient de voler.

Elle se réveilla, se rendormit. Rêva que son vagin était immense et distinct de son corps, exposé dans une pièce sans toit, retenu par des clous. Des orifices pratiqués dans les murs déversaient une eau noire, épaisse, et des gens qu'elle ne voyait pas mais redoutait de connaître applaudissaient. On attendait d'elle qu'elle s'avance, qu'elle ébauche une danse dans cette mare qui était à la fois elle et davantage qu'elle, mais elle avait peur, peut-être n'aurait-elle jamais d'enfant si on la forçait à patauger dans cette vase où luisaient des poissons aux yeux d'homme, elle hurla et une main gantée de bleue la secoua par l'épaule, Faut descendre maintenant.

Derrière la vitre, l'aube travaillait le gris des contours avec une patience charognarde. Terminus. Quand elle croisa son visage dans la première vitrine, ce n'était plus qu'une tache, et elle crut un instant qu'elle avait oublié jusqu'à son propre nom. Nancy. Lucy. Betsy. Maggie. Comme si elle écartait des cintres sur une tringle sans parvenir à se décider, et que quelqu'un attendait, tout près, bras croisés, allez, dépêche-toi, il faut choisir. Va pour Lucy. Quelques pas sur le trottoir et voilà qu'une odeur d'œufs frits, surgie d'un nulle part climatisé, l'assaillit, tel un coup porté au plexus. La portière d'un taxi claqua, actionnée par un ressort niché dans le regard d'un type immense, juste à côté d'elle. Une femme lui serra l'avant-bras et lui récita quelque chose, puis s'éloigna en aboyant. Elle était arrivée. New York fut sur elle avant même qu'elle lève les yeux.

De jour, Times Square ressemblait à un casino à ciel ouvert avant l'arrivée des *vrais* joueurs. Partout, une gabegie d'âmes-jetons que la précipitation et l'ennui misaient, à parts inégales et cruelles, sur des cases toutes plus délabrées les unes que les autres. Loti entre les bandes de billard de la Sixième et de la Huitième Avenue, le paradis des initiés attendait la tombée du jour pour corser les cocktails et faire sauter la banque. Les bureaux se vidaient, en saignées synchrones, le métro raflait ce qui venait et, très vite, l'éclat des *billboards* et la tyrannie des enseignes avalaient les égarés, que digéraient alors les rues situées entre la 40e et la 53e ouest, des rues expertes en transactions muettes. Un peu à l'écart, ou plutôt incarnant l'écart, soigneusement établis dans l'ombre geôle des échelles d'incendie, les pasteurs du malheur prêtaient sur gages aux pèlerins de la dernière chance, tandis qu'un peu partout Tes brebis, ô Seigneur, vendaient leur laine par frileux lambeaux, sous le regard impassible des rois des abattoirs. La came comptait et recomptait ses ouailles. Dans les allées où le vent se faisait piéger, les journaux s'ouvraient et se refermaient tristement tels des papillons malades, des sacs bruns hoquetaient, des bouteilles roulaient en motif éventail autour d'un point aveugle, et les couvercles des poubelles se soulevaient sur des trésors d'amputations. New York fêtait l'éternel

Nouvel An de la dépendance, et les sirènes des ambulances échouaient à s'accorder, toujours décalées, toujours en guerre, leurs notes suraiguës semblables au chant des seringues. Quand la magique bulle d'air, évacuée d'un coup de pouce expert, retournait au néant, la course à l'oubli commençait – il n'y en aurait pas pour tout le monde.

Lucy tomba amoureuse du premier venu, qui était sans doute le troisième ou le cinquième, mais personne ici-bas ne tenait de registres, en tout cas pas pour ça. Les bleus, la nuit, renaissaient tatouages, et puisqu'il la battait un peu moins que les autres cela ne pouvait signifier qu'une chose : il l'aimait, et respectait sa faim nouvelle, son doigt caressant avec compassion la peau de Lucy comme pour mieux suivre le voyage du poison dans ses veines. Lui seul comprenait sa sueur à midi, ses yeux morts au pied du lit, l'impossibilité de décider quoi que ce soit et la beauté redoutée de l'asphyxie. Il nouait l'élastique autour du bras de Lucy avec les mêmes gestes qu'avait sa mère quand elle faisait un paquet cadeau et il avait toujours un baiser aux lèvres dont il semblait pressé de se débarrasser, car d'autres affaires l'attendaient, baby, c'était un homme à rendez-vous, don't worry baby, et son appartement n'avait jamais été visité par ces fumiers du Narcotic, alors relax baby.

Lucy aurait voulu voir des expositions, explorer d'autres quartiers, rencontrer la vie ailleurs que dans sa vérité déchue, prendre le ferry, aussi, aller au cinéma, et contempler, sur la toile tendue, les visages impatients des héros, comprendre la psychologie des gorilles au cœur tendre et des extraterrestres humiliés, mais la rue, la rue trouble et lâche avec sa haine inédite et sans cesse réinventée, exigeait d'elle d'autres dévotions. Son homme n'aimait pas qu'elle rentre les poches vides et le regard fier. Et toujours, dans le musée de ses cauchemars, des touristes aux yeux globuleux commentaient son vagin promis à la noyade avant de lui concéder un *quarter* ou deux – elle était devenue, même en rêve, le guide de sa défunte anatomie. Quand elle rentrait au bercail, du foutre séché sur les joues, elle savait que le macaque du manque l'attendait, tapi dans l'ombre, ses crocs semblables à deux clés qui luisent mais n'ouvrent rien.

New York était Manhattan, et Manhattan était Times Square. Il y avait Brooklyn, aussi, à portée de pont et d'infinies guirlandes, et d'autres districts pareils à des tranches arrachées au même noyau maudit, mais sa curiosité ne l'emmènerait jamais très loin, et jamais elle ne connaîtrait la saveur de certains sourires, de certains mets, jamais ne verrait, verrait *vraiment* le Chinois du coin caresser la joue d'un bok choy du plat de sa lame avant de l'émincer d'un geste charitable, jamais ne saurait ce qui se passait dans la tête de ce rabbin rêveur, aperçu un soir, en pleurs ou prières, devant la synagogue de Polk Street, ou dans l'imagination de ce Grec hilare qui voulut lui offrir des boulettes si parfumées qu'elle crut à un piège et le repoussa. Elle n'était plus qu'une silhouette crayeuse qui attend le coup de feu pour se coucher à même la chaussée.

Oh, comme Lucy voyageait peu, sa vie vouée à la consommation de ce qui l'émaciait, l'effaçait. Comme Lucy voyageait peu, hormis l'excursion baptisée **!!! TRIP !!!** quand, enfin, durant quelques heures, elle pouvait, recroquevillée, tour à tour sèche et moite, folle et cassante, courtisée par le seul poids des draps, les mains entre ses cuisses rougies, rejoindre ce seuil impalpable depuis lequel il est possible d'apercevoir non le mariage du ciel et de l'enfer mais l'union de la vérité et du mensonge, quand tout ce qui détruit se veut invention – après, c'était la chute, le flip, l'étroitesse du corps devenu vasque où allonger les dernières fleurs, à quelques pétales de l'overdose, qu'elle cueillerait un jour, afin de mieux pâlir sous cette pluie qui n'est pas la pluie, ce feu qui n'est pas le feu, ce temps qui n'est plus le temps.

Lucy buvait et mangeait peu, sa volonté semblable à une pupille que ne dilate plus la vision de l'avenir. Ceux qui passaient par elle l'oubliaient assez vite, ne retenant d'elle que la timidité de ses mains et la maladresse de sa bouche, dont ils auraient voulu casser les dents pour mieux jouir en paix. Certains la giflaient pour la réveiller, la secouaient pour que leur excitation s'offre un témoin, mais une fois sollicitée elle ne revenait presque jamais dans le cercle de leur attention. Et chaque fois qu'elle perdait conscience sur le trottoir, chaque fois qu'un passant l'aidait à s'asseoir sur une marche, elle avait une façon de dire merci qui faisait fuir les plus compassés. Les commerçants l'aimaient bien et lui donnaient parfois des fruits qu'elle examinait comme si c'étaient des gemmes dont elle n'osait entamer la brillante dignité. Les enfants la suivaient sur quelques mètres, et parfois elle leur abandonnait un sourire qui leur tenait compagnie jusque tard dans la nuit. Personne ne connaissait la musique de son rire. Elle n'avait qu'une seule gloire, celle de n'être pas devenue une pom-pom pute au cul diplômé, fatalement enculée le 15 du mois par un gentil quarterback dans ce Connecticut auquel elle avait dit adieu – adieu à sa chambre aux draps vomis par Disney, adieu à ses copines manucurées et vite déflorées, adieu au monde gras des barbecues, adieu à son frère, de trois ans son esclave, pulvérisé par un bus, son frère qu'elle avait giflé une heure avant sa mort parce que ce chérubin avait osé lire – lui qui ne lisait pas – une ou deux pages de son journal intime où fleurissaient plus de désirs que de pavots dans la vallée du Badakhchan. Et surtout : adieu aux adieux, à tous les adieux.

2

SOUMISSIONS

Un soir, son homme ne revint pas, sans doute retiré des affaires, la nuque ornée d'un orifice légèrement roussi, preuve que la balle avait été tirée à bout portant, dans une allée, à la suite d'une transaction inégale, elle ne saurait jamais, mais ce fut comme si mourir était à nouveau autorisé, souhaitable, punissable de rien. Alors commença la faim, orchestrée par le goulu monkey de la dope, la faim folle, trois jours de suite à ne même plus pleurer ni bouger sur un matelas qui semblait exsuder tout le sperme et la merde des heures niées. Puis elle pleura sans pleurer, tétant à quatre pattes les mégots écrasés par son mac comme pour y soustraire le sel de ses lèvres, se frottant l'entrejambe avec sa chemise rouge constellée de brûlures, sentant exploser en elle tous les diamants du ciel, du ciel et de l'enfer réunis, se répétant les mots qu'affectionnait son protecteur et dont elle espérait recueillir le suc évanoui.

Elle crut qu'elle allait crever, pourrir centimètre carré par centimètre carré, devenir pelure, charogne, glaire, sa chair animée par la seule puissance des larves et des gaz, mais quand la dernière étincelle eut fini de palpiter dans le bois tordu de sa souffrance, quand son oreiller cessa d'éponger ses cris, un souvenir la redressa, et elle vit briller soudain dans sa mémoire le sourire nickelé de l'harmonica offert au petit Noir dans le bus Greyhound, dont chaque dent émettait une tonalité unique, distincte, salvatrice. Alors, comme soulevée par le hideux palan de ses propres haut-le-cœur, elle se redressa, se cramponna aux angles des meubles et au tranchant des portes en priant pour qu'ils ne deviennent pas sable ou néant, réussit à faire quelques pas sans hurler – et sortit.

*

Son front et ses joues luisent d'une sueur acide dont sa peau ne veut plus. Chacun de ses muscles éprouve le deuil des forces qui naguère lui permettaient de mimer la vie. Elle descend l'escalier, à pas naufragés, et c'est comme si son dos était un idiot qui la poussait au-devant d'elle-même. Elle marche sans rien comprendre au principe de la marche, ses pieds deux bêtes capricieuses, lâchés dans la rue aux perspectives impossibles, sa bouche un cloaque, ses yeux gelés. Times Square lui semble l'intérieur d'une baleine aux relents médicamenteux. Elle s'y perd, d'elle-même, bousculée par d'innombrables illusions, mais son instinct l'aide à ne pas se jeter dans les crocs des voitures, et après quelques haltes où elle n'est plus que ventre essoré et bile crachée, elle retrouve les neuf marches qui mènent au dernier bar du quartier où sa présence est, elle l'espère, encore tolérée. Et tout ce temps, le singe de l'héro lui ronge le dos, lui suce les sangs, l'invective et la flatte, n'attendant d'elle qu'un geste, un simple geste, la manche remontée, le maigre du bras offert aux rêves violacés. L'instant éternité.

Elle s'installe au comptoir, en hissant péniblement ses fesses sur le cuir du tabouret qui déjà semble tourner comme pour l'éjecter. Devant elle, la haie des bouteilles masque à peine le miroir où ses yeux cherchent, dans la vérité double des reflets, une solution, un pigeon, un employé de bureau assez ivre et généreux pour la trouver désirable et la pénétrer contre un mur avant de lui laisser, en guise de vermine, un pourboire convertible en poison. Le barman la salue d'un soupir, regarde sa montre puis secoue la tête. L'après-midi est partie pour durer mille ans, heure creuse égarée dans la veine de la journée, à peine discernable des autres bulles vaines. Au fond du *Lucky Sam Den*, sous la voûte de pierres, l'orchestre patine un ersatz de jazz, la clarinette réduite à un râle feutré, une confession catarrheuse, le piano tâtonnant sans conviction dans les faubourgs d'une harmonie perdue. Lucy attend la manne.

L'homme s'assoit à sa gauche sans faire un bruit, à la fois massif et précis, et son premier geste, après avoir ôté ses boutons de manchette et retroussé ses manches, consiste à poser ses avant-bras sur le comptoir avec l'assurance d'un représentant en muscles. Il se tourne alors vers Lucy et lui sourit en se frottant le menton, comme pour attiser la réflexion. Il reporte bien vite son attention sur le barman, dont il fixe la nuque jusqu'à ce que ce dernier, incommodé, se retourne. L'homme se contente d'articuler sa commande, deux doigts levés en signe de discrète victoire. Le double scotch lui est servi presque aussitôt, mais d'un geste prudent, le cul du verre n'émettant aucun bruit sur le napperon de papier. Quand il porte le liquide à ses lèvres, Lucy perçoit quelque chose, un parfum, proche du tabac mais plus subtil, peut-être la trace d'une autre atmosphère. Se déportant assez gauchement vers l'homme, elle sent contre sa hanche la promesse renflée d'un portefeuille

– et décroise aussitôt les jambes pour signaler à sa proie son intérêt général ainsi que particulier pour la gent masculine.

Le sang de Lucy sèche un peu plus à chaque instant dans ses veines, qu'elle sait craquelées, d'antiques canalisations sur le point de crever. L'homme commente un résultat sportif avec le barman, sa voix est basse, musculeuse, c'est une gangue, mais ce qu'elle protège, Lucy n'a ni le temps ni la curiosité de s'en soucier, elle préfère agiter nonchalamment son verre vide telle une clochette, en espérant que l'homme va capter le message et sortir son portefeuille, ce qu'il ne manque pas de faire, d'un geste si instinctif qu'il devrait éveiller chez la jeune femme des soupçons, mais le singe lui déchiquette la nuque et réclame son dû. Les billets craquent sous les doigts de l'homme, qui tend une grosse coupure au barman en inclinant la tête vers elle sans même avoir besoin de prononcer le sésame – la même chose, pour moi, et pour elle.

Lucy le laisse dépiauter quelques sujets d'actualité dont elle ignore la saveur, mais qu'elle sait indispensables au futur échange, allant jusqu'à attarder sa main fiévreuse sur le poignet de l'homme, puis sur sa manche avant de porter ses doigts à son propre visage, écartant une mèche avec la fausse désinvolture des femmes qui savent, non sans raison, que certains gestes sont hiéroglyphes, et que soudain tout le monde comprend l'égyptien. Et tandis que sa bouche s'efforce de forger des "hun-hun" et des "tsss" qu'elle espère stimulants, son autre main s'absente sous le comptoir, se fait serre, s'introduit dans la poche du pigeon. Du bout des doigts, Lucy cherche l'épais rectangle de cuir, qui est là, ne peut qu'être là, *là*, dans cette grotte où pétille le précieux uranium, puisqu'elle a vu l'homme l'y ranger à nouveau une fois le billet empoché par le barman. Mais la poche est vide, la poche est béante, à vif, c'est impossible, une mauvaise blague, une plaie, une illusion, une plaie, une illusion, une – et déjà les yeux de Lucy ne voient plus, sa lèvre saigne, mordue, par ses dents et par celles du singe.

L'homme passe une main, paume vers le bas, au-dessus du verre de Lucy et s'empare d'une serviette en papier avec laquelle il flatte les commissures de sa bouche, mais Lucy ne voit rien de tout cela, elle n'a qu'une seule pensée, sonder cette poche réfractaire et son mystère.

Malgré les mouvements d'approche de plus en plus scolopendres de sa proie, elle se penche afin de voir, de ses yeux morts, de ses yeux crevés, la poche et son injuste promesse, ce trou qui se moque d'elle, et comme elle prêt à se repaître de l'autre. Elle a conscience de ses cheveux sales et tirés en arrière, de son front trop grand et talé, de ses lèvres si fines qu'elle n'ose plus s'en servir pour demander quoi que ce soit. Elle prend une gorgée de scotch tiède et attend le moment parfait, la faille.

Les lumières du bar, sentant la menace grandir, se retirent dans une ombre qui enfle de partout telle une marée prise dans une crique, et la volonté de Lucy, inutile et vertigineuse, choit dans la poche de l'homme. Oui, son corps soudain minuscule verse dans la doublure de soie, et elle se retrouve prisonnière d'un espace à la fois solide et gluant, clair et feuilleté, où enfin ne plus parler ni esquiver ni se mouvoir, où rejoindre la solitude des foules, la tentation animale, quand tout ce qui vous agrège au décor n'est plus qu'indifférence. Elle qui a senti des centaines de fois céder le carton et la pâte des conventions, senti leur chair détrempée éclater sous la pression des yeux, comprend que l'expérience qu'elle fait en cet instant est d'une tout autre magnitude. Jamais l'héro ne l'aurait propulsée ainsi dans la poche d'un homme, une poche qui est boyau, tunnel aux parois modulables, sonores. Le lointain cliquetis des verres se traduit ici-bas par des rouges marbrés, des mauves acérés, des bleus onctueux, et par d'autres nuances qu'il est inutile de chercher à nommer.

Une éternité l'accepte, la dévore, puis, capricieuse, la rejette, et elle se laisse expulser, revient à elle et au monde mais sans l'haleine du singe sur sa nuque, sans le manque qui la désintègre depuis quelques jours. Elle regarde l'homme, désormais assis à sa droite. Il lui sourit, prêt à partager l'enchantement nouveau. Lucy ne peut qu'en déduire qu'elle est ressortie par sa poche gauche, il n'y a pas d'autre explication, pas d'autre solution, et la magie est la seule alternative à la panique. L'homme, alors, se présente – Wen Kroy –, il se décline en détails de plus en plus élégants et inquiétants, et Lucy devient un simple collier de oui entre ses mains plus ou moins gouvernementales. "Si tu aimes ce que j'ai mis dans ton verre, on devrait pouvoir s'entendre" – c'est ce qu'il dit, d'une voix délicieusement cannibale, avant de lui apprendre à prononcer les lettres magiques : LSD.

*

Bien sûr, il s'agissait de travailler pour l'Agence, bien sûr la CIA avait des comptes à rendre, des documents à tamponner, mais comme toute boîte qui se respecte elle possédait un double fond où s'agitaient mille vipères tandis qu'au grand jour quelques colombes apprivoisées picoraient des gaufrettes en battant des ailes pour la galerie. La guerre était froide et les cervelles essorées à trois cent soixante degrés. La vérité était un sérum corsé qu'on sifflait dry, en rejetant sèchement la tête en arrière, mais pas pour voir le ciel, non, juste l'applique lumineuse au plafond, certainement truffée de micros. La propagande prenait un tour chimique, et le moindre Américain se savait susceptible de contracter le virus mandchou. En même temps que libre, l'homme occidental se réveillait potentiel pantin, girouette vouée aux vents de la propagande, hypnotisable à merci.

La CIA avait donc décidé d'innover. Et ouvert des sections spéciales dédiées à la mise au point de méthodes non orthodoxes visant à précéder l'ennemi dans la captation et la distorsion des ondes cérébrales, la torture des esprits étant devenue le nouveau sport à la mode. Le projet PAPERCLIP, au sortir de la Seconde Guerre mondiale, avait déjà permis de rafler des centaines de cerveaux gammés, qu'on n'avait pas eu le temps de dénazifier tant leur savoir méritait d'urgence tests et applications, en divers lieux tenus secrets, comme Camp Detrick et Edgewood Arsenal. Le projet BLUEBIRD, initié à l'été 1950 par le docteur H. Marshall Chadwell, contourna les dernières réticences morales et laissa entendre très clairement aux agents concernés que les programmes de manipulation psychologique et de contrôle de l'esprit n'avaient plus à s'embarrasser de scrupules ni d'autorisations. Dès lors, les projets se multiplièrent, fantasques, en particulier le projet ARTICHOKE, qui visait à briser les volontés sans considération aucune envers la menace représentée ou non par lesdites volontés : autrement dit, liberté totale d'expérimenter sur des civils, à leur insu, qu'ils soient simples quidams piégés par des putes et rabattus dans des planques de la CIA, patients hospitalisés, détenus en attente d'un châtiment. Par ailleurs, le problème du consentement du cobaye n'était pas à l'ordre du jour. Et pour aider la volonté d'autrui à devenir moléculairement malléable, les agents du projet MKULTRA s'approprièrent une drogue nouvelle du nom de LSD-25.

Découvert en 1938 par Albert Hoffman pour les laboratoires Sandoz, qui produisit ainsi la vingt-cinquième substance dans la série des dérivés de l'acide lysergique, acide lui-même isolé et caractérisé par Craig et Jacobs, le "Lysergsaürediäthylamid" resta cinq ans dans les tiroirs du chimiste bâlois avant qu'il en produise à nouveau en 1943, et n'absorbe accidentellement le 16 avril de la même année une dose conséquente de ce dérivé du noyau commun à tous les alcaloïdes de l'ergot. Peu après, le LSD fut introduit comme préparation expérimentale en psychiatrie et en psychothérapie, du fait de ses propriétés étonnantes : stimulation intense de l'appareil sensoriel et émotionnel, déverrouillage de la conscience, etc. Dès qu'elle eut vent de cet étrange pollen, la CIA s'assura le contrôle de sa production et, puisqu'un milligramme suffisait à produire vingt mille doses, passa commande sur commande, avec l'assentiment, la discrétion et l'incroyable obligeance des labos Sandoz. Restait à tester le sésame chimique. Le projet MKULTRA se dota donc d'un sous-projet, intitulé MIDNIGHT CLIMAX, qui ouvrit plusieurs planques à New York et San Francisco, dans lesquelles des prostituées attiraient leurs clients pour les "doser", après quoi les agents de la CIA prenaient des notes, se grattaient le nez, reprenaient un scotch serré, quand eux-mêmes ne s'entre-dosaient pas, car tout ça n'était pas très sorcier et Tu es bien placé pour le savoir, ô Seigneur.

Aux commandes de ces fines parties, outre le psychiatre Harold A. Abramson et George White, on trouvait également l'indispensable Wenceslas Kroy, dont les états de service avaient pour nom Philippines, Grèce, Iran, et dont la mission actuelle consistait à doser des demi-putes pour qu'elles servent de rabatteuses à sa cellule. C'est ainsi que Lucy devint “la damnée” de W. K., sa catin *dolorosa* dans un ciel où tous les diamants mentaient sur leur éclat. Le LSD du docteur Hoffman, dont Wen lui apprit à maîtriser le langage, la sauva du singe morbide que libérait l'héroïne, il la réinventa à elle-même, hors addiction, éclairant sa conscience tout en la gauchissant. Sous l'effet de l'acide, elle vit des créatures dont l'haleine ruisselait et chantait, des buildings tordus entre lesquels filaient, symphoniques, de soudaines méduses, prit des rames de métro aussi annelées que des lombrics et comme eux cherchant sous terre un insecte autre que l'homme, elle vit aussi les plus douées de sa promotion broyées par la folie, mais quelqu'un, toujours, faisait le ménage derrière elles, et aucune perte n'était à déplorer puisqu'il y avait toujours dédommagements.

Le LSD était un sacré sésame, même si tous ou presque se contrefichaient des trésors enfouis. Il s'agissait, pour les agents de la CIA, de fracturer des têtes, ni plus ni moins, et ce afin d'éprouver la résistance des matériaux, et non d'établir demeure dans un eldorado vertigineux. Ils s'adonnaient également à la privation sensorielle, aux ruses de l'hypnose, envisageaient la télépathie, la dématérialisation et la relocalisation d'objets solides, et s'ils avaient pu créer une machine à remonter le temps ils n'auraient pas hésité à s'en servir pour voler des brevets ou baiser la mère de Truman.

3

DÉPARTS

Elle survécut ainsi, entre un coin de rue où pointer le genou, talon plaqué contre le mur, un sourire colorié à même son visage de fausse étudiante, et la planque où doser le gogo, qui très vite oubliait ses visées extra-conjugales pour la rejoindre dans des descriptions du monde tel que jamais il ne serait, tandis que deux ou trois agents, derrière un miroir sans tain, observaient la scène en prenant des notes. L'acide était une boîte où enfermer le monde sans ce que dernier s'en offusque, et Lucy finit par s'y croire en sécurité. Les dragons de fleurs, les tunnels tournants, l'incroyable sonorité des caresses, puis la bascule, la dissémination, et enfin un Coney Island cristallin où côtoyer le vertige sans se poser la moindre question. Wen Kroy la laissait vivre l'onde et ses caprices, du moment que les résultats étaient à la hauteur. Le budget semblait inépuisable.

De son côté, Lucy éprouvait pour Wen une fascination proportionnelle à sa nouvelle dépendance. Les muscles de son mentor savaient, sous la soie des chemises ou le cuir des gants, transmettre une partie non négligeable de leurs intentions. Il avait des yeux bleu clair, faussement discrets derrière des paupières si souvent baissées qu'il semblait ne s'intéresser qu'à vos pieds, choses pénibles qu'il lui faudrait piétiner.

Le cheveu long, voire gras, de celui qui l'a eu ras et sec avant de décider qu'une stratégie en vaut bien une autre. Une façon d'avancer comme à coups de hanches, probable souvenir d'une blessure, à moins qu'elle ne dénotât chez lui une conception martiale de la marche. Et des gestes, certes virils, mais faussement simiesques, aussi codés que millimétrés, dont l'efficacité était immédiate sur l'interlocuteur ou l'adversaire, si tant est qu'il y eût là matière à distinction pour Wen. Son corps, qu'il planquait dans des matières coûteuses, semblait avoir extorqué à la boue et au cristal tous les atouts nécessaires pour traverser un champ de mines sans renverser une goutte de champagne. Ses mains, aux doigts épais mais manucurées, étaient faites pour manipuler des massues de bronze avec la discrétion d'une geisha – c'est du moins l'image mentale que s'en faisait Lucy. S'il puait la cicatrice et la strangulation, c'était bien malgré lui.

Brute souple, peu soucieuse de nier sa brutalité ou de dissimuler sa souplesse, Wenceslas Kroy était avant tout un barbare policé, avec toujours une décision d'avance sur vos erreurs de jugement, et assez de conviction dans la poigne pour vous apprendre la révérence. Il appréciait l'opium et courtisait l'héroïne, mais quand il écrasait son clope, dans un cendrier ou sur une paume, on obéissait et il dictait.

Dans ses épaules roulait un nerf, qui semblait unique, relié à tout le reste, et dès qu'il amorçait un geste on cherchait vite les issues. Mais Wen Kroy était aussi retenue, esquive, menace bridée par la patience. Quand il se levait, quand il s'asseyait : le trou dans votre cul se serrait, vos cheveux envoyaient des signaux à vos racines, à croire que vous vous étiez trop penché au balcon du centième étage, alors que, plus sobrement, il était clair que vous étiez, vous et vos projets, dans son collimateur.

Il faisait parfois peur à Lucy. Quand il s'exprimait, ce n'était pas seulement pour enrober ou étayer, mais pour rappeler à sa proie qu'aucun revêtement, aucun étai ne tiendrait, que la structure aurait beau être saine, ce qui la saperait serait de votre faute. Il aimait parler, sachant que sa parole était à ses actes ce que les préliminaires se doivent d'être au coït. Certaines de ces phrases, trop maquillées pour qu'on en distingue vraiment les traits autres que saillants, vous rappelaient insidieusement que toute retraite avait été coupée, et ce bien avant que vous envisagiez la possibilité d'être tombé dans une embuscade.

Et alors que Lucy n'en finissait pas de s'évanouir dans la pulsation magique du LSD, et que le fastidieux kaléidoscope des nuits menaçait de gommer jusqu'à ses plus redoutables détails, il se produisit quelque chose qui aussitôt eut valeur de sevrage : Nathan Fuller sauta du dixième étage de l'hôtel *Statler* et mourut sous – non ! – *dans* ses yeux.

*

De tous les agents qu'elle fréquentait, Nathan était le plus friable. C'était un enfant perdu dans la forêt des hommes, aux traits figés par la migraine, au regard tendu vers un lendemain qui tardait à venir. Il ne s'exprimait qu'à voix basse, en penchant la tête, une main sur sa cravate pour empêcher celle-ci de gondoler. Il parlait souvent à Lucy de sa femme et de ses enfants, de ses lectures, des longues marches qu'il faisait dans sa tête la nuit, sur des routes que personne ne pouvait emprunter à sa place, des moments partagés dont il ne restait que des miettes une fois la porte claquée. Elle le voyait souvent prendre des notes dans un petit carnet, qu'il rangeait ensuite dans sa poche intérieure, en grimaçant, comme si les coins lui rentraient dans le cœur. Il lui souriait depuis une distance qu'il ne semblait pas contrôler. Ses gestes étaient concis, discrets, mais l'horlogerie qui y présidait devenait de plus en plus visible, et Lucy sentait que Nathan était sur le point de sortir de sa réserve.

Entre eux, pourtant, aucun désir, juste un continent friable sur lequel ils osaient parfois avancer, à tour de rôle, des terres jonchées de non-dits, qu'ils désignaient d'une allusion, le regard détourné. Un soir où Wen Kroy était absent, Nathan glissa un papier dans la main de Lucy. Elle attendit d'être seule pour le lire et, sans savoir ce qui l'attendait, retrouva Fuller deux heures plus tard à l'adresse indiquée, un bar ordinaire, suffisamment fréquenté pour justifier des propos murmurés.

Il n'attendit même pas qu'elle goûte son martini pour se lancer dans un récit éminemment confus, se reprenant et se contredisant, à la fois effrayé par ce qu'il allait dire et ce qu'il lui faudrait taire. *Ils l'avaient dosé*, expliqua-t-il, à son insu, lors d'une soirée avec quelques huiles du projet MKULTRA, et depuis il faisait des cauchemars, ou plutôt avait l'impression d'être le produit d'un cauchemar, un golem manipulé par une entité complètement irresponsable. Ses mains tremblaient parfois une heure durant, puis ne tremblaient plus du tout, froides et mortes d'une seconde à l'autre. Mais surtout, il savait des choses. On avait parlé en sa présence. Un dossier était passé sous ses yeux. Il avait eu accès à un document qui aurait dû rester sous clé. Lucy l'écoutait, pétrifiée. Il répétait en boucle ce qu'il n'était pas sûr d'avoir dit clairement.

Je sais des choses. Et ils savent que je sais. J'ai commis une terrible erreur. Je n'aurais pas dû voir ce que j'ai vu. Une imprudence, qui, combinée à l'acide, avait suffi à le propulser au royaume de la panique. Mais de quoi s'agissait-il ? Lucy lui posait et lui reposait sans cesse la question, qu'il éludait à chaque fois en portant la main à sa bouche, comme s'il allait vomir, ou crier. Je ne peux rien te dire, Lucy. Alors ne dis rien, Nathan, tu n'es pas obligé. Mais tu dois savoir, Lucy, je ne peux pas garder ça pour moi, c'est trop lourd. Il se ressaisit, respira plus calmement. Mais ne fit que se répéter. Un document qui aurait dû rester sous clé. Un dossier qu'il avait eu sous les yeux. On avait parlé en sa présence. Il savait des choses. Je dois –

Fuller regarda ses mains, y voyant des tremblements, y décelant sans doute autre chose, des araignées, des serpents, et Lucy dut lui prendre le visage à deux mains pour l'empêcher de crier, car il s'était mis à crier, même si dans ses yeux il était clair qu'il croyait murmurer. Ils savent que je sais, répéta-t-il. Ce qu'ils ont fait, tu n'as pas idée, c'est sans commune mesure avec –

Le regard de Nathan, qui évitait de plus en plus Lucy, s'arrêta sur la porte du bar. Lucy se retourna, il y avait beaucoup de monde, les gens ne cessaient de se lever et de s'asseoir, les verres captaient les lumières, des têtes surgissaient sur de nouvelles épaules, finalement elle crut reconnaître quelqu'un de l'Agence, se leva presque, cligna des yeux, décida qu'elle s'était trompée, et quand elle pivota à nouveau Nathan n'était plus là. Sur la serviette en papier où son verre vibrait encore, il avait écrit les mots suivants : 23 h, hôtel *Statler*, room 1019.

Elle attendit une demi-heure avant de quitter le bar et fit tout son possible pour ne pas être suivie, s'égarant à dessein dans Little Italy, prit un taxi, puis un deuxième, puis un troisième, transitant par des lieux qu'elle savait dotés d'une sortie discrète.

Quand elle approcha du lieu du rendez-vous, les lueurs de la Septième Avenue flottaient à sa rencontre tel un nuage de lucioles. Elle avait dix bonnes minutes d'avance. Un cri d'oiseau parut la héler et elle leva machinalement les yeux vers le ciel qui n'en finissait pas de reculer entre les immeubles. Un bus pila et un poing ganté s'agita au-dessus du rétro latéral. Sur le trottoir opposé, trois jeunes femmes essayaient de synchroniser leurs pas et riaient au moindre trébuchement. Un point mobile et confus lacéra soudain le ciel de haut en bas. Un bruit de sac qui explose succéda à la vision. Des cris se surimposèrent aux bruits de la circulation, et Lucy courut. Elle courut parce qu'elle avait compris.

Le portier de l'hôtel *Statler* était penché sur l'homme disloqué. La chute de quarante-six mètres, l'impact sur le trottoir, ce que la bouche avait craché de sang – il avait tout vu, en tremblait, cherchait des yeux une déchirure dans la nuit afin de fuir et d'oublier, mais sachant qu'il serait à jamais le témoin captif de ce drame. Lucy se pencha sur Nathan, et vit ses paupières remuer, sa bouche frissonner. Elle colla son oreille à ses lèvres et en recueillit quelques syllabes qu'elle ne comprit pas. Pas tout de suite. Elle glissa sa main dans le veston de l'agent, extirpa de sa poche intérieure le petit carnet gris, puis partit sans se retourner.

Le lendemain matin, après une nuit passée à essayer de déchiffrer les notes cryptées de Fuller, elle reçut un appel de Wen Kroy. Je ne sais pas ce que tu sais, Lucy, lui dit-il, mais nous allons partir du principe que tu en sais trop. Je peux *les* raisonner quelques heures, guère plus. Disparais. Et détruis le carnet de Fuller, si tu l'as. Ne me dis pas merci, tu n'as pas le temps.

Elle sauta dans le premier bus qui partait pour la côte ouest. Et tandis que la route mourait sans discontinuer, avalée par l'énorme pare-brise du Greyhound, elle songea aux syllabes articulées tant bien que mal par Nathan avant de mourir, tenta de les visualiser jusqu'à ce qu'elles prennent forme, d'abord de simples taches sonores, puis des mots, distincts et signifiants à force de répétitions. Elle dut puiser dans sa mémoire, se rappeler l'époque où elle apprenait le français avec une amie de sa mère, car Nathan, elle en était sûre à présent, s'était exprimé en français. Il avait dit : *Non sain d'esprit*. Ça ne voulait rien dire mais c'est ce qu'il avait dit : *Non sain d'esprit*. Et cet ultime aveu l'accompagna pendant des années, sans qu'elle sache si Fuller avait voulu s'accuser de folie ou si, par ces mots que très peu pouvaient comprendre, il avait désigné autre chose que son état mental. Tout autre chose.

*

Quatorze ans plus tard, ce fut l'été de l'amour éternel qui ne dure pas, le sulfureux summer 67, la crue humaine dans le quartier de Haight-Ashbury, à San Francisco, la rencontre avec les Diggers, aussi, l'encore excitante contestation. Et Lucy de devenir, par le plus dépouillé des enchantements : Lucy Diamond, la fée du *protest*, des fleurs fanées dans ses cheveux.

Jusque-là, elle s'était oubliée, tue, assoupie, des années entières à ne plus se retourner, elle avait épousé un certain Frank, fermier de son métier, pour qui le monde se résumait à ses orangers en fleur et ses parties de cartes, un chien qui bavait trop et le pick-up toujours plus ou moins en panne. Elle était devenue une discrète Californienne, avait adopté l'accent local, et sut combien il était possible de changer, moins par amour des masques que par lassitude. Elle avait endossé tous les petits rôles nécessaires à la fade représentation, consenti aux ébats imparfaits, aux déclarations ineptes, s'était accommodée de quelques amies, avait appris la pâtisserie et même éprouvé de l'affection pour un arbrisseau qui crevait chaque hiver et reprenait chaque printemps, comme si de rien n'était, ses bourgeons têtus revenant sans joie, sans panache, pour le simple plaisir d'épancher sa colique d'ombre sur l'herbe usée.

Elle était devenue quatorze années durant Mrs Nideker, l'aubaine de Frank, une taiseuse qui n'aimait pas danser, préférait la salopette au tailleur, et s'endormait toujours avant son mari. Ce dernier lui avait offert une télévision, qu'elle éteignait calmement dès qu'il claquait la porte, préférant aller boire son café derrière la maison, en fumant des cigarettes qu'elle ne finissait jamais et écrasait dans la gamelle du chien, sans penser à rien. La grossesse lui donna une raison de vomir et de n'être plus touchée. L'enfant, un garçon, eut l'idée saugrenue de survivre à la césarienne. Elle s'interdit de l'aimer, espérant qu'il ne voudrait pas d'elle comme mère, pas dans l'immédiat en tout cas. Elle l'oubliait régulièrement chez une voisine, oubliait de lui fêter son anniversaire, ne lui apprenait rien. S'interdisait de penser à lui quand elle avait envie de pleurer.

Toutes ces années patiemment gâchées finirent par former comme un poing lourd et rageur, qu'elle balança un jour dans la vitre du salon, soudain éblouie par la pluie de perles rouges que sa main dispersait sur les murs, avec à ses pieds le téléphone auquel elle avait eu la bêtise de répondre à la première sonnerie.

La voix de Kroy l'avait saisie à la gorge, et elle n'avait fait qu'écouter, hocher la tête, débusquée. Mrs Nideker devait mourir. Plier bagage. Tu as une heure devant toi, avec cette chaleur ils ne sont pas très rapides, tu les connais. Va à San Francisco. C'est la fête là-bas, tu pourras disparaître facilement. Te défoncer à nouveau. T'instruire. Je te recontacterai, ne t'inquiète pas.

Elle laissa un mot, un chapelet de mensonges dont Frank ne saurait que faire, et qui le dissuaderait à jamais de l'attendre, signa de ses seules initiales, dégoûtée par son propre nom. Il lui fallut moins d'un quart d'heure pour rassembler les affaires dont elle aurait besoin, un quart d'heure pendant lequel elle fit tout pour se convaincre qu'un fils n'appartient à personne.

Elle marcha jusqu'au croisement le plus proche, monta dans un bus à destination de Frisco et s'endormit presque aussitôt. Une fois sur place, elle trouva vite ses repères, se laissa emporter par la liesse ambiante, et quand quelques jours plus tard elle s'entendit rire, pour la première fois depuis quatorze ans, elle sut que l'ancienne Lucy était revenue, et qu'en elle l'amour de la destruction avait encore toutes ses chances.

C'était San Francisco 67, et l'ami LSD était de nouveau aux premières loges, plus pimpant que jamais, sacrément démocratisé, plus bavard que jamais, affluant massivement dans la rue, déposé sur toute langue telle une hostie farceuse. Ce qui n'avait été dans les années 50 qu'une drogue destinée à contrarier le péril rouge, et dont Lucy avait été la pourvoyeuse assermentée, se révélait désormais un joyeux bonbon libertaire, une virulente friandise. La scientifique défonce du docteur Hoffman était livrée en pâture à la jeunesse américaine dans une débauche magnanime digne du plus déglingué des sergents Pepper. Bien sûr, Lucy n'était pas dupe, mieux placée que quiconque pour se douter que la CIA se réjouissait déjà, elle qui voyait dans l'inondation des psychés le moyen prophylactique idéal pour calmer ces chevelus qui traitaient les flics de pigs et considéraient la famille comme la pire des cellules nerveuses.

L'acide 67, produit par kilos, avait l'avantage de vous révéler à vous-même, c'est-à-dire à pas grand-chose sinon au vertige du contexte qui vous avalait et vous déglutissait à tout moment. Oh, ils étaient tous frères et sœurs, certes, ils s'emboîtaient et se déboîtaient sans compter, dansaient des ghost dances qui ne réveillaient aucun mort, et bien sûr, tout ça était réjouissant, tout ça était exaltant, les talents ne manquaient pas, les ressources abondaient, et tôt ou tard ils allaient s'éclater au-delà de l'arc-en-ciel, puis plus rien, c'était une question de patience, ils rentreraient dans la matrice, réclameraient un bercail, enfin manufacturés, et quand le soir tomberait ils n'auraient plus qu'à pisser sagement contre les haies qu'il leur faudrait bien tailler au printemps, bon gré mal gré, pour ne pas froisser les voisins.

Il suffisait que neigent chaque jour des milliers de buvards fantômes, d'inviter les esprits à davantage de sécession, davantage d'abstraction, puis de décréter que ladite drogue était illégale, histoire d'offrir à tous une dernière fois le petit frisson de la transgression. Les plus endurcis passeraient alors à des dérives plus rudes, à des substances moins soft, et le Narcotic Bureau se chargerait du reste.

Mais en attendant, Lucy voulait son carré magique. C'était le moins qu'elle puisse désirer pour ne pas regarder en arrière, là où un chien bavait au pied d'un maître qui ne savait même pas comment on change une couche.

*

Tous les soirs, à San Francisco, le soleil se fracturait au bout de la rue, plus laid et plus artificiel qu'une prothèse rapportée du Viêtnam, les sorciers revenaient, ils paradaient dans un cirque incendiaire où Dieu piétinait derrière des barreaux telle une panthère nourrie aux amphètes, des chants râpeux montaient du plexus des guitares, la soupe était gratis et tiède, il suffisait de sortir de soi pour entrer de plain-pied dans le théâtre de la contestation réelle, imaginaire et provisoire, là où personne n'avait la force ni l'instinct de jouir autrement qu'en pensée. Ils baisaient du bout des doigts, sans même l'adjuvant de la peur, en poussant des cris d'Indiens tombés de la lune, persuadés que leurs seins à l'air et leurs pénis peints en rouge effraieraient le chauffeur de Lyndon B. Johnson, ce qui n'était sans doute pas faux.

Mais cet été-là, vautrée en plein rainbow 67, Lucy eut faim d'exaltation. Elle aspirait elle aussi à la mise en orbite du superflu et à la redéfinition du nécessaire. Elle participa à tout et fut à tous, prit plaisir à se rouler dans la boue dorée du Golden Gate Park, s'évanouissant sans pudeur dans la parole d'autrui, mille fois plus fugueuse à chaque trip que toutes ses semblables entassées dans le même fumeux tipi pour une communion ininterrompue avec l'acide.

En quelques mois, la population hippie de SF passa de mille à quinze mille puis soixante-quinze mille. Ce nouveau monde, dans cette Californie extensible, se nourrissait de tissus et d'encens, de trocs et de pâmoisons, de musiques surtout. À chaque coin de rue, on distribuait, interpellait, tambourinait. On donnait, on embrassait, on oubliait de reprendre. Tout était sujet à célébration. Ça circulait. Couchait. Trafiquait. Par faisceaux entiers les corps se cherchaient un centre depuis lequel irradier à nouveau vers un extérieur point trop barricadé. Le hippie gagnait ses galons à force d'évasions et d'actions joyeuses sous le regard d'une police montée qui n'entendait même plus, sur son passage, le rassurant métronome du crottin qui choit. Mais déjà les amphètes pleuvaient, défigurant le peu de grâce qui survivait entre Page Street et Waller Street.

Entre-temps Lucy avait fait peau neuve et rejoint les activistes diggers pour fêter à leur côté la mort du Dernier Hippie, portant son cercueil dans tout le quartier de Haight-Ashbury en scandant des appels à l'incivisme. Les Diggers, avec leur cynisme à double tranchant et leur saine obsession de l'anonymat, tentaient de secouer les consciences, toutes reliées à la même racine oisive, déjà las de convaincre ces hordes de pieds nus pour qui l'État construisait de nouveaux centres d'attractions encore plus commerciaux. Ils cachaient parfois des types qui étaient ou se sentaient traqués – une différence de plus en plus oiseuse –, facilitaient leur passage de l'autre côté de telle ou telle frontière, renvoyaient des gamines dans leur foyer et transformaient systématiquement les lieux en tréteaux et les passants en acteurs. Le spectacle était gratuit et les gardes à vue fréquentes.

*

Début novembre 68, Nixon vient d'être élu et Lucy fume un dernier joint à l'angle de Clayton et Haight. Le soleil s'impatiente à flanc de vitrines, les rendant illisibles. Des sons de flûte fuguent de temps à autre d'une fenêtre brisée. Un bus immense passe devant elle, et derrière ses vitres s'agglutinent, mi-sangsues mi-cyclopes, des dizaines de visages oblitérés par des appareils photo, passagers en mal d'exotiques oiseaux, embarqués dans un *magical tour*, la contestation devenue attraction, et Haight-Ashbury un parc à hippies.

Le joint lui colle aux lèvres. Elle ressent des douleurs dans les hanches, remarque des bleus sur ses bras, vestiges d'une nuit dont elle n'a gardé ni souvenir ni plaisir. Ses paupières sont baissées et ne laissent filtrer qu'un fin rai de réalité, un peu tremblé, mais dans lequel elle voit s'avancer, sur le trottoir d'en face, une silhouette que son corps reconnaît avant même qu'elle en ait conscience, une silhouette massive, taillée dans du granit new-yorkais, et qui la propulse quinze ans plus tôt.

Parvenu à sa hauteur, l'homme tend la main, lui ôte lentement le *spliff* d'entre les lèvres, tire dessus une brève bouffée puis l'écrase du bout du pied en inhalant profondément. Lucy cherche sur ses traits des signes de lassitude, plus que de vieillissement, mais ne voit que détermination, certitude, feinte patience. Les années se sont montrées clémentes avec Wen Kroy, déposant à peine quelques traînées de sel sur sa chevelure et creusant une ou deux rides de plus aux commissures, là où le sourire a définitivement cessé de faire son office.

Il lui parle des différences de climat entre la côte ouest et la côte est, sources d'innombrables interprétations, peste contre la circulation sur le Golden Gate Bridge, puis se tait soudain, la regarde, et sans cesser de la regarder sort un carnet de sa poche. Il prend alors un air inspiré, note quelques noms, puis tend le carnet à Lucy. Elle n'a pas le choix. Une liste est une liste est une liste. Trois jours plus tard, ils se retrouvent au même endroit. Le carnet est restitué à son propriétaire, lesté d'à peine quelques microgrammes de graphite supplémentaires – adresses, noms, habitudes, contacts –, suffisamment d'informations pour aider la nasse gouvernementale à rassembler une dizaine de poissons jugés trop glissants. Non, lui rappelle Wen Kroy, ce n'est pas ça trahir. Trahir est un art dont elle ne maîtrisera jamais les subtils arcanes, c'est de la haute couture, du grand œuvre, du sang cathédrale. Ce qu'elle doit faire n'a rien à voir avec la trahison, elle n'a qu'à se mettre à table, laisser la salive dégouliner sur le menu, de toute façon ce n'est pas elle qui passe commande. Elle a commis une erreur, il y a longtemps, et cette erreur sera à jamais une paume posée entre ses omoplates qui, régulièrement, l'enjoindra à libérer la place.

Et maintenant dis-pa-rais. Va ailleurs, va en Europe. Et ne parle jamais de Fuller. Jamais. Les anges déchus doivent le rester. Et vire-moi ces fleurs de tes cheveux. L'été de l'amour ? Ma pauvre Lucy. Tu vas entrer dans l'hiver du mécontentement, connaître la froideur de la guerre, alors prépare-toi. Ils chantent quoi, tes Beatles ? *All You Need Is Love ?* Je ne leur donne pas six mois pour s'entre-déchirer. Allez ne sois pas si limitée, prends du large, et surtout sors par la fenêtre.

Fin 68, donc, grâce à un faux passeport fourni par W. K., elle part pour l'Allemagne de l'Ouest où son mentor lui a donné le nom de quelques contacts, surtout dans le marché naissant de l'article sexuel, mais fais à ta guise, je ne t'oblige à rien, c'est juste pour t'aider à prendre un nouveau départ.

L'Europe. Ses anciens parapets ? Oh, ce fut tout autre chose, ce fut nettement moins bariolé, une expérience éprouvante doublée de l'invisible vison de la reconversion, un parcours de la combattante en jarretières et talons hauts, l'apprentissage d'une langue et d'un métier, de ses réseaux et de ses codes, le gotha des sex-shops, le négoce des lingeries, le marché du super-8, et d'autres drogues, aussi, d'autres défonces, sans compter quelques amants plus ou moins agacés par la tentative d'assassinat contre l'ami Rudi, plus ou moins tentés par la résistance rouge, oui, quelques amants, sans doute, mais plus jamais d'enfant.

III

LES VUES DE L'ESPRIT

(Paris, 1969)

Le monde était tout spasme. Ce furent les années où ils durent vivre leur vie.

HENRI MICHAUX

1

LIBATION

Ne revenons pas sur toutes ces choses, qui sont passées, passées et dépassées, à quoi bon les remuer, les réchauffer, pouah, on n'en veut plus et c'est mieux ainsi, car regardez dehors : l'automne est là ! l'automne et ses astuces, c'est un magicien déguisé en peintre du dimanche, au pinceau rusé, il va et vient dans les parcs et les avenues, cubise les carrefours, fauvise les monuments, ah mais quel talent, un peu partout les masses rivalisent de densité, ici des feuilles caramel, là des écorces bistre sur lesquelles sont imprimées les nouvelles du jour, de la veille, et même du lendemain, ne soyons pas mesquins, et aussi, en terrasse, là, dans le potager des verres et des tasses, de l'orpiment en veux-tu en voilà, des bulles légères, de nouvelles formes de vie ! Allons, ne restons pas à l'intérieur, d'ailleurs il n'y a plus d'intérieur, ni coque ni ventre où faire le malin, vite, du large, des échappées ! Il faut s'élancer, adieu braséro de l'été ! et compulser le nouveau livre des détails où les nuances sont reines, abeilles, chiffres multipliés par dix fois ce que tu vois, alors n'hésite pas, exalte le vert des chaises, chante le noir du képi, loue le perlé des fontaines, et surtout ne fais pas comme ces hannetons qui se prélassent dans un stade larvaire indigne, non n'attendons pas le redoux dans les plis de l'humus, courons plutôt, peu importe dans quel sens, dégourdissons nos manies, nos rides futures, et pas de regret, hein, pas de peut-être, laissons l'Ami 6 en plein passage clouté et faisons claquer, sur le pavé, sur le goudron, nos Clarks et nos Bata, allez, la ville a soif!

Paris c'est maintenant, Paris c'est tout de suite, ici, là, où vous voulez, au coin des rues, sur les berges de pierre, à chaque pas, on y va, Paris 69 c'est une voix, pas celle des ondes, non, celle que vous entendez, là, dans les plis du présent recommencé, c'est maintenant, et cette voix vous dit de la suivre, en toute confiance, alors du nerf camarade! du cran, impérialiste! bouge ton cul qui jamais n'a été conçu pour le bois de la chaise, car l'automne 69 est ton dernier comité Viêtnam, alors ne laisse surtout pas ses cellules dégénérer, le genre humain s'impatiente, il piaffe, il veut fumer, causer, tout mélanger, alors gambadons, nous voterons plus tard, quand nous serons majeurs et vaccinés.

Oust! Du vent. Du balai. Du balai et du vent, et dans les allées tout ce qui sait danser. Simplicité, évidence, et pas de manigances! Traversons le jardin du Luxembourg, ou plutôt, laissons-nous traverser par le jardin du Luxembourg, électrisé à la façon d'un tas de feuilles que le râteau croit dompter mais qui vire, qui volte, sans jamais songer un seul instant à retourner dans les griffes bourgeoises des branches, pas si bête. Sachez-le, retenez-le : ce n'est pas la nature qui capitule dans ce nouvel automne. N'ayez pas peur, le paysage ne va pas revêtir son gris manteau uniforme comme dans les dictées maussades de la communale. C'est tout le contraire! Regardez. Humez. Des bris de lingots pétillent un peu partout, des explosions de miel giclent entre les immeubles aux balcons forgés, la merde et le lilas dansent en folle concorde, et si la nuit tombe un peu plus tôt, eh bien c'est pour qu'ondule un peu plus l'abat-jour des minijupes à la lueur des néons, d'un drugstore l'autre, sur fond de palabres antisociales, dans le débraillement fusion de Miles Davis, le tout ponctué par les hoquets du dieu flipper et les rires rauques des filles en santiags. Et voilà qu'émerge déjà une nouvelle génération, plus onctueuse que jamais, oui, c'est Kiri qui le dit, Kiri qui le prouve, avec ses garnements sapés comme Gaston Defferre qui dévorent de grosses tranches de pain nappées du seul frometon démocratique, pâte sans histoire née dans les fromageries de Sablé-sur-Sarthe. Entendez-vous le clic-clic ingénieux de ces modestes métronomes en culottes et idées courtes ? Ne sonne-t-il pas le glas du passé et la table enfin rase ? Allez, du cran, et n'oublions pas que dans la poudre du baril de lessive révolutionnaire se cache un hochet formidable, assoupi dans son sachet cellophane, qu'une simple allumette ou ton instinct exalte. Allez, sortez ! Yéyé soyez ! Mais surtout, respirons cet air, respirez sa relative pureté, et si les vents vous sont favorables vous vous apercevrez qu'on n'y distingue presque plus les cendres de Jan Palach, tout ça est balayé, et tout va s'arranger, le décor va changer.

L'année n'en finit plus, et pour cause! elle est la soixante-neuvième, la grande brasseuse d'affects, elle est

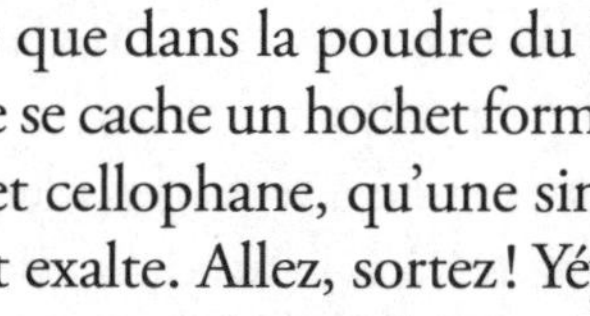

une occasion rêvée de célébrer cet amour dont le *Kâma Sûtra* et *Playboy* nous vantent à chaque page les vertus, car cette position, tu t'en doutes, camarade, tu le sais, mon nervi, fait appel à l'imagination, elle en émane autant qu'elle la nourrit. Le 6 est perfection, éclosion, mais bon, ça, n'importe quelle racoleuse de la porte d'Italie te le dira entre deux carambolages d'autos tamponneuses, dans les parfums de pommes d'amour et de gaufres trop cuites. C'est aussi le nombre de jours que Dieu a mis pour créer cette province du monde où coexistent la fée BB et le mage JJSS, ce monde où les gladiateurs des compagnies républicaines de sécurité, dans leur blouson bleu électrique, tapent du bâton sur des boucliers opaques chaque fois qu'un chevelu se baisse pour refaire ses lacets, une main un peu trop près des pavés. Passons au 9, d'un bond d'un seul, le 9 qui est : achèvement, antique chouchou des pyramides et autres pythagores, le seul nombre qui, multiplié par ce que tu as sous la main, se réduit à lui-même, un peu comme l'orgasme quand ton sourire en prolonge l'arc sous les draps et déjà tu as des idées. Tu fais bien.

Allons, ne reste pas ici, le froid tombe, les rideaux de fer ne vont pas tarder à baiser l'asphalte de leur lippe rêche, les bateaux-mouches éclairent déjà le ventre vérolé des ponts, les femmes ajustent leur perruque devant le miroir que rongent les postillons de laque, les hommes comptent et recomptent les côtes de leur squelette de velours, il est dix-neuf heures à l'horloge Lip de l'apéro, l'heure du drink a sonné. Rendez-vous est pris.

Le boulevard Saint-Michel nous attend, c'est une seringue, une sente, qui monte, svelte et lente, tout en annexes et caveaux, avec ses brasseries et ses rades où, moyennant cinquante centimes, tu peux libérer des tubes ; faisons un tour, deux tours, mille tours, entrons chez ces disquaires où l'ami vinyle n'en finit pas de se gondoler sous le cri du diamant, quand dans le casque pleure le fifre de la douleur ; poussons la porte de ces librairies où, sous le papier cristal, la peau du vélin marmonne encore les rousseurs de la guerre, dénichons un opuscule Maspero, apprenons les rituels de la guerre et la sociologie à venir. Bien sûr, tu le sais, tout ça n'est que lente ascension, distraite en permanence par d'étroites radicules qui donnent sur des cavernes de vie et d'inventive destruction où tout recommence à chaque gauloise embrasée, dans le clac-tchak des briquets actionnés, tu connais ça, la molette qui s'enraye, l'amadou qui sèche, mais l'œil toujours chalumeau. Irons-nous jusqu'à saluer le mystère sorbonique, ses statues soudées à l'autrefois, ou préférerons-nous virer vers l'est et frôler les rivages odéoniens, leurs bonnes insolentes, leurs silences innommables ? Nada ! l'heure est aux perditions, aux mystères de la séduction, et ô mon cœur éternué n'entends-tu pas fredonner les Nausicaa en résille noire ? ne vois-tu pas les Voltaire changer de main et la poudre éclairer les yeux ? Sous le verre des billards électriques, des ébats s'éternisent, des pin-up aguichantes flanquées de bikers musclés guettent le réveil tintant du clito-tilt en rêvant d'extra-balls et l'œil s'attarde tendrement sur la graduation cabalistique du lance-billes – oui, l'œil, ton corps devenu iris, s'écarquille tel un cendrier Cinzano que le chiffon blasé du barman, fatalement, éblouit.

Marchons, même s'il nous faut pour cela affronter la cohue de tous les peuples amassés ici dans leurs exils politiques, leurs dérives culinaires, avec leurs aspirations à rester grec, turc, égyptien, marocain, algérien, syrien, bien que tous ne soient plus désormais que petites mains et petits pieds d'œuvre tranchés, tristes épices à jamais déportées, assiettes bariolées, brochettes hideuses qu'on croirait signées Dalí, leurs infinies ressources destinées à des appétits que nous qualifierons de bourgeois faute de raccourcis qui nous mèneraient trop loin. Allez, plus vite, glissons, dévalons le Boul'Mich' jusqu'aux quais où il est possible de lire Henry Miller à la seule lueur des bateaux-mouches, entre Cancer et Capricorne. Sans regret, laissons l'archange Michel tremper ses pieds stigmateux, ses belliqueux arpions, dans cette fontaine riche en pisse et en crachats où brillent, avec beaucoup d'imagination et d'audace, les clés du nirvana et d'inutiles centimes, et surtout ne perdons pas de temps auprès des intouchables qui s'entassent à ses pieds, imbibés d'évanescences tibétaines et d'exils œdipiens, de toute façon papa les attend, entre Chivas tiède et cendar fumant. Passons d'un pas plus que vif devant le palais des Bavards, aux grilles hautes, aux plantons petits, cirque sourd où la loi bute et pute, et grand bien lui fasse, car notre procès est reporté, alors tentons une percée à la mesure de ce fleuve qu'est la goulée Sébastopol – après ça, camarade, tu n'auras qu'à te fier au sonar de tes vices, et n'oublie pas que la Seine est la baignoire des suicidés.

L'époque t'interpelle ? Profite. Égare-toi, et en crabe avance, pince à pince, pas à pas, acquis à tous les heurts, toutes les vitrines, ton cœur rebelle à quelques baisers des nichons au sillon si étroit qu'y glisser l'imagination c'est déjà jouir sans entraves, alors laisse-toi éblouir par ce déluge de hasards que promet ce café, celui-là, oui !, si banal pourtant en sa bakélite inanité, avec ses pieds de chaises chromés, son zinc sale et ses œuf morts sur un carrousel d'alu, avec aussi son formidable flipper – oui, encore un ! –, ce flipper qui est un cercueil sonore au fronton duquel s'affrontent des divinités que tu donnerais éternellement gagnantes, mais qui vont perdre, oh n'en doute pas, et ce sous l'impulsion de tes deux index, soudain rusés, tel Ulysse dédoublé, vite, gagne Ithaque, empoche le spécial bonus qui claque, et reprends une bière, même tiède, même fade, ta paume toujours à l'exacte température du désir, car la nuit, la nuit qui aime à balbutier, s'entrouvre à peine à tes dépendances.

La France est nucléaire et Paris son noyau dépoli. Quand tout pétera, nous laisserons derrière nous un lambeau de brassard, deux cents billes à roulement et suffisamment de marie-jeanne pour voir venir. En attendant, changeons de trottoir, chantons un peu – *les gens se lèvent ils sont brimés, c'est l'heure où je vais me coucher* – et tant qu'à faire pénétrons dans cette boutique pas plus large qu'un chiotte de la fête de l'Huma et cassons un Racine pour que nos doigts s'ornent de pacotilles, oui, cette bague-ci, d'abord, puis un ou deux bracelets en cuir, et merci pour le patchouli ! Bien, et si nous mangions, à présent ? Mangerez-vous ? Avez-vous faim, je veux dire vraiment faim ? Et soif ? De quoi régaler gosier et compagnie ? Le choix est vaste : kébab ventru, pizza tiède, entrecôte sèche, salade décomposée, frites grasses. Ah, si seulement nous savions où se situe notre faim, où se cache son siège, quelles denrées seraient susceptibles de la contenter en ce Paris où rien ne contente puisque tout est excitation. Et si tu as encore des doutes, eh bien dis-toi que c'est le désir éternel qui s'envole vers toi que j'appelle les yeux ouverts dans la nuit malgré l'heure qui fuit quand tout bas nous nous disons *besame mucho*.

Pour aller plus vite, nous pourrions bien sûr prendre le métro et poser notre cul sur la banquette de lattes après avoir fait rebondir le loquet qui se croyait fermé, mais sans carte d'identité ce serait tenter le diable, nous n'avons guère envie de nous retrouver deux Dubon

Dubonnet plus loin, après passage des laquais du pouvoir, la gueule tuméfiée contre un mur carrelé, l'haleine de la Loi sur la nuque, avec pour seul recours le numéro de bigophone d'un ami avocat de papa qui de toute façon ne décrochera pas à cette heure où les vrais problèmes se règlent en haut lieu, sur le plateau des *Dossiers de l'écran*.

Soit, marchons encore ! C'est ce que nous faisons de mieux, avec l'amour et les quatre cents coups, à croire que les pieds, dans ces rues fraîchement repavées, n'ont d'autre fessier à botter que celui de l'avenir qui, privé de dieu et de maître, cavale, poursuivi par ce présent dont nous ne voulons rien savoir, rien retenir, tout espérer.

Ah, Paris 69 ! La nuit est bonne, si bonne pour les petits, mais meilleure encore pour les grands ! Adieu, nounours ! Venez danser le tango mao, la valse des ennemis du pouvoir, la bourrée de la LCR, le rigodon des enragés ! Ça chauffe un peu partout, c'est vrai, ça tangue encore et ça tergiverse toujours, les idoles vacillent, alors vive la foire sans le trône !

Nous voilà sur la planète Mouffetard, où l'on pourrait refaire le monde à coups de loukoums et de Kriek Belle-Vue, mais nos corps sans organes dévalent d'eux-mêmes la montagne Sainte-Geneviève, c'est sans fin ! Nous sommes déjà rue Bonaparte, et on en viendrait presque aux mains, si ces dernières n'étaient accaparées par certains trocs, qui impliquent donzelles, romans de Sade, cours ronéotypés. Promenons-nous une fois de plus dans ces rues où il fait bon s'asseoir à même le pavé pour jouer un air triste sur une guitare recouverte d'autocollants, un air à larmes et à guimauves, et ce afin d'attendrir les touristes aux mains moites de napalm, des Ricains qu'un Sénégalais embobine avec ses éléphants chocolat et ses colliers croquants qu'on croirait frits dans l'huile de palme. Discutons quelques minutes avec cet Algérien venu vivre parmi ses bourreaux et emballons vite fait cette Chilienne aux yeux vulcains, puis laissons-les résoudre l'équation de Frantz & Fanon tandis que frémit l'ultime rumeur de reformation, celle des Beatles ou de la Gauche, ce n'est pas très clair, tant pis, il est trop tard pour siroter un Pimm's à la *Closerie*, de toute façon ce n'est pas dans nos prix, non ?

Chassons d'abord cette impression d'être parfois suivi, d'avoir à sa remorque une ombre possiblement policière, justifiée n'en doutons pas, puisqu'à chaque délit il faut sa condamnation, mais là n'est pas la question, on se doit à la marche du monde, à ses trébuchements, alors pourquoi ne pas rejoindre quelques professionnels du dérapage, des magiciens du chaos, qu'on évitera bien sûr de retrouver dans des lieux trop publics, inutile de s'afficher au puissant soleil de la propagande, de toute façon il nous faudra renaître pour ne pas mourir une seconde fois.

Rappelez-vous, c'est l'automne, ce sera toujours l'automne dans nos cœurs turbulents, la saison du camouflage, avec ses DS noires, ces corbillards du progrès venus fouiller de leurs yeux oblongs les flaques d'huile laissées par les carters des prolo-doches, un bel automne, qui swingue et bop avec ses fulgurances pop de filles à chapeau cloche, à bottes gourmandes et colliers katmandous, qu'une laisse invisible relie au minet qui traverse en même temps qu'elles, et pour le reste nous avons les manifs à motif lacrymo, et le viseur 70 mm d'Armstrong reflété dans la visière d'Aldrin, c'est déjà beaucoup, non? alors que voulez-vous de plus? Tout? Bien, c'est promis, vous aurez tout, ça ne nous coûtera rien, mais quand même, faites gaffe, on ne sait jamais.

La politique c'est simple : d'un côté les méchants (eux moins nous), de l'autre les bons (nous moins eux) – il faudrait que ça change, sous peine de confusion. Ça tombe bien, changeons de quartier, passons la Seine qui après s'être baignée très loin d'ici, près de Langres, s'en va glouglouter loin des fiefs de Rabelais et Flaubert, là où Monet a laissé son soleil jouer les oranges nucléaires au milieu des esquisses portuaires. Tiens tiens ? Serions-nous d'humeur poétique ? Hum. Petits et bourgeois à proportions égales, comme dans un cocktail qu'aurait bu par mégarde la veuve Molotov ? Ne nous arrêtons pas en si bon chemin, continuons, il faut marcher, la marche est longue, et même si les boulevards shazzament vers le zénith de la banlieue nord, le giron du 18e arrondissement, lui, mérite escale.

Ne soyons pas frivoles et évitons de nous attarder dans le bazar Tati de la galaxie Rochechouart, dont les soixante-dix mètres carrés affolent nos sens encore conditionnés par le bonhomme Potin. Bifurquons, et ne regardons surtout pas sur notre droite, car alors c'en serait fini de nous, notre curiosité nous conduirait dans les entrailles du *Barbès Palace* où nous aurions envie de nous faire une toile – disons, *La bête aveugle*, de Yasuzo Masumura, une orgie paysage tout en corps morcelés – vite ! la lumière tombe, elle ne cesse de tomber, déjà tout ploie sous elle, des ombres s'avancent et nous proposent de petites choses caramel, des boulettes odorantes, serties dans de l'alu tiède, que nos doigts vont devoir émietter puis soumettre à des températures qui rappellent l'enfer, l'enfer que nous n'avons pourtant fréquenté que dans les chromos du catéchisme et ne reverrons que dans les commissariats de cette foutue capitale.

Paris 69, c'est quelque chose, hein ? Mais ne vous faites pas d'illusions, car c'est aussi, et vous vous en doutiez, tout autre chose.

2

SEXAMBULE

Trois mois, déjà, que Paris 69 retenait Antoine dans sa poigne de bric et de broc. Arrivé peu après les derniers lancers de boulons et les premières battues, n'ayant aucune conscience du manichéisme enjoué qu'il avait fallu déployer pour faire plage rase à Paris et relancer le tourisme à Baden-Baden, imperméable aux menaces des chars et à ces cortèges que des directives peinaient à détourner de l'Élysée, sourd aux sirènes brunes et rouges, ignorant tout des méthodes et matraques du poussah Marcellin, incapable d'épeler même le nom miraculé de Mao, de différencier Cohn de Bendit, de s'imaginer spartakiste ou énarque, sartrien ou liquido, Antoine inaugura l'automne 69 en crève-la-faim n'attendant de la République qu'une chose : qu'elle l'oublie.

Il revenait de loin. De si loin, d'ailleurs, qu'il refusait toute image de ce lointain, se savait seulement l'avoir traversé dans un état de perpétuelle biffure de soi. Il se rappelait une terre usurpée, savait qu'on lui avait demandé de mener à bien certaines tâches, tâches qu'il avait exécutées, mais rien n'était très net dans ce passé périmé. L'aurait-on interrogé avec les méthodes de la guerre coloniale, ligoté sur une chaise voltaïque ou tête plongée dans une baignoire d'eau croupie, qu'il n'aurait rien pu fournir de plus précis que ceci : Je me revois sur terre, sous l'eau, dans les airs, presque dans le feu.

Il sentait parfois crisser des grains de sable entre ses dents, éprouvait de subits acouphènes, croyait voir les nuages coaguler et adopter des formes pluricellulaires, puis se dissoudre dès que parfaites. Une vitre le séparait de ce qu'il avait vu. Qui avait poli cette vitre ? Personne, à en croire ses compagnons. Des dates, des lieux ? Surtout pas. Et peut-être était-ce mieux ainsi, songeait-il, ses pensées réduites à une tête d'épingle qu'il aurait aimé voir briller dans un firmament familier, celui de Pont-Saint-Esprit, briller puis disparaître, recueilli par le chant immatériel du Rhône.

Il avait passé la vingtaine puis la trentaine sans y prendre garde, n'avait pas remarqué les premières failles autour de ses yeux, ne s'était pas préoccupé de tous ces détails qui faisaient aujourd'hui de lui un homme à jamais distinct de l'enfant de chœur qu'avait remplacé le mitron dont ne savait plus rien l'aventurier. Il avait juste constaté l'altération de certains gestes, en sentant disparaître quelques-uns en même temps que la fonction, désormais caduque, qui les avait élaborés. Ne jouant plus aux osselets, sa main n'avait plus à exécuter un rêche *capotazo* dans la poussière de la cour ; ne sautillant plus sur place, ses jambes avaient renoncé aux charmes du déséquilibre ; et parce qu'il ne portait plus de culottes courtes, ses ongles n'étaient plus les mêmes, n'ayant plus à gratter les croûtes nées des chutes. Des dizaines de gestes, peut-être des centaines, tombés en désuétude, par la force de situations de plus en plus changeantes, toute une foule de réflexes purement et simplement exterminés, détrônés par d'autres, la main qui projetait des ombres sur le mur de l'enfance devenant celle qui vérifiait la précision du rasage à même la joue ; le pied qui tentait de survivre, case après case, sur l'échelle plate de la marelle se glissant désormais dans des souliers que le crachat, autrefois instrument de joie et de défi, tentait vaguement de lustrer. La bouche qui aimait à faire des bulles devenue muette cicatrice. Seule sa façon de lacer ses souliers n'avait pas changé, puisqu'un cœur près du pied quelque chose subsistera toujours de l'enfant qu'on était.

*

Dès qu'il franchit les fortifs, son cœur se remit à battre au rythme d'une liturgie occulte. S'il avait, dix-huit ans durant, déchu comme pas un, rampé et pleuré à parts égales, il y avait peut-être une raison. Maintenant que, libéré mais paumé, il pouvait de nouveau appréhender cette distrayante réalité dont ses condisciples lui avaient tant parlé, il était prêt. Paris lui parut un purgatoire, multicolore et stéréophonique, riche en rébellions et en tentations, une aire de non-repos balayée par des vents dialectiques, mais il apprendrait la langue, il reconstituerait les édifices d'après ces ruines dont tant, violemment, s'enorgueillissaient. Des combats avaient eu lieu ici, oui : *ici aussi*. Il avait beau tout ignorer des divisions et des castes, des ruptures de ban et des coalitions d'intérêts, son instinct saurait le guider.

Paris 69 était riche de centaines d'églises, et Antoine, dès qu'il eut trouvé où se loger et de quoi occuper ses journées sous forme salariale, se mit en quête d'un lieu qui lui apporterait la paix. Autrefois, à Pont-Saint-Esprit, il avait senti frémir la colombe invisible, et avec elle l'idée qu'un jour il trônerait mieux qu'au chevet du Père : dans sa force active même. À peine arrivé, il se chercha donc une enclave consacrée, qu'il désira peu fréquentée, avec de vastes dalles où l'érosion due aux sandales fût palpable, romane ou gothique, peu importe, car en vérité une simple chapelle lui eût suffi, à défaut d'un cloître. Il la voulait meublée d'un Jésus point trop souffreteux, aux bras tendus et veinés, ses tendons accordés au bois grêlé de la croix, une église dotée de vitraux plus fêlés que repeints. Il faudrait aussi qu'elle possède un de ces confessionnaux dont le buis n'ose pas trop luire, où des ongles se sont attardés, ainsi qu'un transept étroit, même constipé de modestie, et un chœur modeste où s'agenouiller, attendre, guetter. Des bénitiers en pierre de taille, cerclés de fer, qui ne se prendraient pas pour des conques, ni n'aient l'air de froids lavabos. Et surtout, quelque part dans un coin, de préférence dans une niche, sculptée dans une fausse ébène, même râpeuse même vermoulue, fluette, intense dans son drapé, le regard baissé, le visage presque détourné, tout juste caressée par la lueur d'un cierge fin comme un doigt d'agonisant, Marie, Marie seule, sans enfant à bercer, sans fiancé à oublier, perdue à mi-chemin entre la Visitation et l'Annonciation, et prodigieusement abîmée dans la pensée légère de sa future Dormition.

S'il la trouvait, cette Vierge de son enfance, cette fille à jamais immaculée, ce vaisseau de consolation où s'aliter, muet consolé ravi, dans l'attente d'une prière autre, vive et foudroyante, s'il parvenait à noyer d'attentions son corps assoupi dans l'extase, il connaîtrait enfin cet état munificent dont la vie cherchait à le sevrer, un état qu'il avait connu pour la première fois, bien qu'imparfaitement, une nuit d'orage, au pied d'une statue mutilée. Ce serait sa première station avant le long chemin vers la sainteté. Future colombe, il se savait voué aux nidifications préparatoires.

Mais à force de visiter absides et narthex, à force aussi de génuflexions tout juste bonnes à révéler un manque de calcium, de gesticulations en croix de plus en plus aléatoires, Antoine finit par désespérer, non de sa foi, mais de l'objet de cette dernière, de ce dieu finaud qui possédait plus de domiciles qu'un magnat de l'immobilier et taxait ses fidèles sans jamais envisager de leur accorder le moindre coupon.

Quand il n'inspectait pas les lieux de culte, il se débrouillait. Débouchait des éviers tout en expliquant à une mémé catastrophée qu'étaler du papier d'alu sous la bonde était une très mauvaise idée dès lors qu'on a abreuvé le siphon avec un de ces horribles déboucheurs liquides riches en soude caustique, à moins bien sûr d'avoir une passion secrète pour les mini-explosions ; installait des tringles à rideau sans jamais donner son avis sur la qualité des voilages qui, nicotine aidant, finiraient par ressembler au papier maïs des Boyards ; déchirait des tickets en deux avant d'indiquer la bonne rangée, le bon fauteuil, à défaut de se prononcer sur le spectacle tout juste digne d'une fête de patronage pour orphelins ; posait du lino comme on déroule une moquette, passait de l'enduit avec la dextérité d'un ravaleur de Sixtine et sondait les passants du boulevard Montparnasse (et de la rue de Rennes, et parfois de Vavin) sur des questions de société qui allaient du remboursement de la pilule contraceptive par la Sécurité sociale – POUR ? CONTRE ? – à l'interdiction de la chasse commerciale aux phoques – CONTRE ? POUR ? – en passant par les conséquences quotidiennes de la dévaluation du franc – VOUS POUVEZ ME DÉPANNER ?

Hélas ni le SMIG ni les phocidés, et encore moins le Stediril, ne pouvaient combler les aspirations d'Antoine, lequel finit un jour par se rendre à une adresse que lui avait griffonnée sur un ticket de métro un aumônier rencontré au zinc entre deux écalages d'œufs durs, adresse censée correspondre à une chapelle unique dans la capitale, une adresse apparemment erronée, ou plus vraisemblablement destinée à se moquer d'Antoine, car c'est à la suite de cette indication que ce dernier se retrouva un samedi soir de l'automne 69, vingt minutes avant l'heure de la fermeture, devant la porte d'une boutique au nom pourtant assez prometteur – *Les Sept Délices.*

Antoine avait marché longtemps pour échouer ici, traversant divers carrefours, ignorant nombre de tentations, remontant la rivière des phares à contre-courant, esquivant les sollicitations des inconnus. Il avait su admirer en chemin la beauté usée de certains porches, entrouverts sur des cours encore luisantes d'eau savonneuse où s'égaraient des lumières éparses, l'équerre inopinée d'un genou au coin d'un boulevard, les fresques niaises des réclames à épisodes. Il avait fait une pause et crut voir l'haleine du bougnat dans le miroir du zinc au moment de régler l'avant-dernière mousse. Il y avait eu aussi, peu avant d'arriver à destination, cette tôle de Renault qu'Antoine aurait bien froissée du plat du pied après qu'elle l'eut superbement ignoré mais franchement éclaboussé.

Quand il poussa la porte des *Sept Délices,* le tintement d'un carillon tibétain l'accueillit. C'était peut-être le son clair et cristallin du destin, qui ne doit pas effrayer, car ce mot ne recouvre hélas qu'un agrégat de circonstances aisément combinables, quelques hasards montés comme qui dirait en neige, et si ce n'est le vent qui la disperse, cette neige, si ce ne sont les pieds qui les éparpillent, ces flocons, alors ce seront d'autres destins, moins clairs, moins cristallins, mais le fait est que la porte il poussa.

*

On aurait dit une librairie dépouillée du prestige du vélin et du cuir, déjà acquise aux fariboles des drugstores, qu'une ampoule un peu rouge signalait tant bien que mal, mais c'était, bien sûr, *tout autre chose*, car dans la nuit d'inconfort où Paris infusait, à l'heure où Alain Decaux narrait aux tribus de téléfigés les us et coutumes des reines assassines et des bâtards au grand cœur, tandis qu'un peu partout refroidissaient hachis, parmentier et stratégies conjugales, quand le flageolet du marchand de sable cessait de vriller les tympans des minots, il était possible de pousser la porte d'une certaine "officine" où le patient valait le remède.

C'était l'un des tout premiers sex-shops parisiens, implanté depuis peu à quelques signes de croix du kilomètre zéro, et que dénonçait incessamment la Commission épiscopale de la famille, laquelle ne voyait en ce bouge que "le règne d'Éros et de Mammon conjugués pour réduire l'homme en esclavage", et dont les vitrines demeuraient opaques afin de ne pas attenter aux mœurs de plus en plus diverses, de moins en moins stables. On y trouvait, en principe, des publications à caractère obscène, emplies d'un gaz dont l'inhalation ne pouvait que détourner des voies de la procréation et du devoir civique. Conspué à parts égales par les ligues de moralité et les cercles féministes, les uns y voyant un avilissement issu de la chienlit naturiste, les autres une ultime ruse bourgeoise visant à entériner la chosification de la femme, jour et nuit surveillé par la Préfecture, régulièrement menacé d'incendie, de fermeture, de vandalisme, le sex-shop de l'Américaine Lucy Diamond – *well, not my real name*... – survivait à légale distance des écoles, des gymnases et autres lieux de culte, astre noir sachant son extinction déjà programmée dans la vaste galaxie juridique, ni fier ni honteux : juste une échoppe, à défaut d'une échoppe juste.

Une fois la porte refermée, Antoine dut convenir que l'odeur était la même que dans tous les lieux où la clientèle, majoritairement masculine, conjugue la plus troublante immobilité avec l'excitation la plus retenue. Dans des caisses en bois où se devinait la nostalgie des poireaux et des carottes, sur des présentoirs défraîchis et cent fois repeints, parfois à même le sol, en piles plus ou moins hélicoïdales selon les caprices du papier glacé et la poussée exercée par les mollets, des "œuvres de l'esprit", destinées à l'homme mûr, averti et consentant, attendaient d'être déflorées – brièvement – puis acquises – lestement. Certaines demeuraient cependant inaccessibles, figées dans la cellophane, mais cet obstacle n'en rendait que d'autant plus attractif le contenu, à peine trahi par le titre, souvent sibyllin, parfois anglais, toujours suggestif.

Bien que la lecture fût en ces lieux de nature essentiellement furtive, il régnait une atmosphère de salle des périodiques, une de ces torpeurs qui titille la chair mais bride la convoitise. Un reniflement, et les muscles fessiers se crispaient ; un *frrrt* produit par une revue trop vite fermée, et les yeux s'étrécissaient. Quelque chose était à l'étude. Sous la double loupe des yeux et de l'imagination, un sujet, sans conteste, palpitait. C'était Paris 69, après tout, et puisque le démon prétendait que l'univers n'a pas de but et que l'étendue est illimitée, il avait bien le droit de se laisser un peu emporter dans le firmament, parmi les astres et les planètes, et tant pis si la terre n'était plus à ses yeux qu'une boule minuscule, perdue dans l'infini.

Antoine aurait pu prier, ici aussi. Il découvrait tant de choses au fil des magazines, à même ces pages où l'on s'agenouillait à chaque cliché, où la soumission était glorifiée, répétée, dans un dénuement charnel qui semblait appeler les dalles glacées et la respiration rauque de l'orgue. Bras en croix, bouches tordues, peaux flagellées, regards absents : si les positions n'étaient guère orthodoxes, leur mise en scène dénotait l'extase. Sous les yeux d'Antoine, sans souci de légendes, s'activaient des hommes et des femmes comme urgemment désapés puis jetés dans cet éden de papier glacé, plus glabres que les ombres mêmes d'Adam et Ève, des agités fixes en proie au démon de la concorde mais baignant dans la lumière artificielle du pardon, à deux, trois, voire plus, avec bien souvent pour seul décor l'assise inutile d'une chaise en plastique plus galbée que la sybarite honorée par deux partenaires moustachus, ou un vaste canapé rouge et pelucheux, aux accoudoirs détournés de leur usage premier.

Le regard d'Antoine se posa bientôt sur une boîte en exposition au-dessus du comptoir, assez grande pour contenir un bottin, d'aspect scintillant, avec, imprimé sur le couvercle, un corps de femme au lissé suspect, sans âge, sirène rose et transparente dont les yeux et la bouche semblaient béer d'un diamètre similaire. Il se dirigeait sans réfléchir vers la boîte magique quand la propriétaire des lieux, qui jusque-là était restée invisible à ses yeux, masquée par une pile de revues derrière laquelle, agenouillée, elle s'affairait sur la poignée d'une trappe, se releva, et Antoine eut l'impression de voir, littéralement, *croître* une femme, aux cheveux protégés par un foulard blanc, au bras gauche emmailloté plus que plâtré, et comme sculpté en travers des seins, ses doigts contraints et fuselés figés en un geste indéchiffrable.

Elle alla rependre sa place derrière le comptoir, se retrouvant ainsi sans le vouloir juste à côté de l'objet convoité par Antoine. Le regard de ce dernier passa alors si brutalement du visage factice de la poupée à celui de Lucy qu'un bref instant les deux physionomies se superposèrent, formant une créature hybride qui lui donna le vertige. Puis les deux visages se détachèrent l'un de l'autre, celui de la poupée reculant dans son alcôve, celui de Lucy s'avançant vers lui, ses lèvres s'entrouvrant, répétant la question : Tu veux quoi ? Tu veux l'acheter ?, ses yeux scrutant Antoine et comprenant, à son air absent, qu'il ne répondrait pas, que c'était à elle de parler, de faire le premier pas, sans quoi elle allait rater une vente, non, pas une vente, autre chose : une rencontre.

C'est une sex doll, dit-elle d'un ton docte qui ne résista pas longtemps au sourire de plus en plus ténu d'Antoine, et celle-ci elle est inflatable, ça veut dire gonflante, well, no, pas gonflante, I mean gonflable but careful, attention, faut jamais, never, well, il faut d'abord souffler dans elle, but c'est une special elle a les trous, elle. Je devrais pas le dire because chez vous en France c'est forbidden avec les trous, je sais pas pourquoi but c'est la loi ici.

L'expression d'Antoine devait être, *grosso modo*, celle d'un nyctalope à qui l'on explique le fonctionnement d'une ampoule. Lucy regretta aussitôt le joint fumé dix minutes plus tôt dans son arrière-boutique. Elle éclata de rire et, à peine libéré, son rire se dissémina dans son visage carré, aux sourcils épais, séparés par deux fossettes verticales entre lesquelles tenta de se faufiler une goutte de sueur descendue de son front constellé de rousseurs.

C'est cent cinquante balles mais elle parle pas.

Antoine ouvrit la bouche, la referma.

Bon sorry c'était juste a joke, je déconne, tu fais quoi because je dois fermer et avec mon bras cassé c'est pas very easy pour moi, maybe tu peux m'aider ?

Voyant qu'il ne réagissait pas, elle faillit céder à l'agacement et lui dire de partir mais se ravisa, émue non tant par la beauté contrariée d'Antoine que par l'évidente ignorance qu'il avait de celle-ci, ignorance qui rendait précisément cette beauté non pas troublante – c'eût été trivial – mais intermittente, sans cesse décalée ou flottante, car sa proximité réelle – il devait être à moins de trente centimètres de ses yeux – paraissait modulée par *quelque chose*, mais quoi ? Peut-être maîtrisait-il mal l'empreinte de sa personne dans la glaise du moment. Sa beauté n'avait rien à voir avec le charme ou la séduction : elle était davantage un message, disait *tout autre chose* que la simple harmonie d'un fond et d'une surface, ou d'une attente et d'une promesse. Pourtant, impossible d'opérer la moindre équation satisfaisante à partir de son nez camus, de ses yeux incandescents, de ce menton où le poil, roux et terne, quoique court, trahissait le renard, ruse en moins. Elle alla de l'avant, sentant la tension du moment déserter ses épaules.

Dis, tu vois these présentoirs, improvisa-t-elle, je dois les pousser dans le fond but les roulettes elles sont coincées un peu and with mon bras c'est, so je –

Antoine avait sorti cent cinquante francs de sa poche.

What tu veux la – ?

Elle se demanda alors s'il lisait dans ses pensées, qu'elle imagina nues, et pour les vêtir d'urgence ne trouva rien de mieux à faire que de remonter la bretelle de son soutien-gorge sous son chemisier en soie, non mais quelle cruche, what am I doing?

Antoine chercha un endroit où se retenir. Des picotements dans les mains et les pieds l'empêchaient de se repérer dans l'espace, il voyait des monceaux de végétation partir à l'assaut d'une forme blanche et un bruit épouvantable lui cisaillait les tempes. Les vertiges revenaient, ils reviendraient toujours, seules changeraient la fréquence, l'intensité.

Eh, eh! mais t'es tout blanc, t'as un problem. Eh? Allez, come with me, je vais te payer un drink tu veux quoi scotch, dry martini? tu aimes la – zut où j'ai mis mon – OK let's roll, y a un café que j'aime a lot, not far d'ici, ils sont un peu fous but, hein? quoi?

Lucy était rompue aux junkies. Elle en avait sauvé plus d'un, fait vomir des dizaines, les obligeant à marcher et balbutier, sachant qu'ainsi elle ne faisait que gripper provisoirement le compteur de leur mort promise. Des amants de trois jours qu'aucun serment n'assouvissait, des amis si proches dont la capitulation rendait la vie aberrante, d'éventuelles sœurs, si maigres que les étreindre faisait violence au cœur, des êtres réduits à l'idée de rencontre, affalés contre un mur devenu sol, toute une armée d'éblouis pourris réincarnés en spectres. Plus d'une fois, elle avait jeté les preuves de leur connerie dans les chiottes les plus proches, téléphoné puis guetté les voix des ambulanciers dans l'escalier avant de se carapater par l'échelle d'incendie vers d'autres désillusions. Elle avait pris de la cocaïne, de l'héroïne, sucé mille acides, oublié son corps ainsi que certaines résolutions en échange d'un café, d'une planque, d'un coït purement calorifère. Puis, à force de contempler son corps percé et de n'y voir plus qu'une étendue de viande qu'on eût dite abusée par les guêpes, elle avait cherché à s'en sortir, et surtout à sortir d'elle-même, de cette gangue en décomposition qu'elle parvenait de plus en plus difficilement à nourrir et monnayer. Et à chaque fois, Wen Kroy avait été là, disert, soucieux, insupportable, indispensable. À chaque fois il avait trouvé les mots, les moyens, les solutions. Tu sais où me joindre, lui disait-il en caressant la joue de Lucy, qu'il n'aurait pas hésité à gifler s'il avait pu en tirer quelque bénéfice. T'es une chouette fille, ne te gâche pas, laisse les autres s'en charger. C'était Wenceslas Kroy, son boss, le tuteur de tout ce qui en elle n'en finissait pas de pencher.

Antoine était sûrement *high*, mais à quoi ? ou à qui ? En tout cas, il savait ce qu'il ne voulait pas, et Lucy comprit qu'elle n'était pas près de l'attirer dans son lit, mais sait-on jamais ? se mordilla-t-elle la lèvre en subtilisant à l'espoir d'être conquise le défi d'être désirée.

Il insistait, désignant la poupée emballée d'un doigt qu'elle aurait voulu croquer, avec ses trois billets de cinquante francs, patient.

Pardon j'avais forgotten.

Elle lui tendit un peu sèchement la poupée qu'elle-même n'avait jamais manipulée, ni en pensée ni en frustration, la plaquant sur le torse d'Antoine comme on concède un gilet de sauvetage à un naufragé de trop.

Ayant vu les derniers clients s'éclipser, Lucy sentit qu'elle ne devait pas laisser s'échapper ce dernier venu dans sa vie. Elle sut qu'user de son charme n'aurait conduit qu'à cela : l'user. Antoine la regardait, et peut-être regardait-il une Lucy qu'elle s'ignorait être, ou même devenir, c'était excitant, dérangeant, c'était Paris 69, aussi.

Bon le bar que je te parlais, c'est le *Balto* il est juste au bout de la rue, dis, j'espère que t'aimes les freaks because c'est un drôle d' – by the way c'est quoi ton nom ? Great, t'es le premier Antoine que je rencontre, je crois… Oh moi c'est Lucy, Lucy Diamond but *well, not my real name…*

*

Et après le *Balto*, ce fut le *Melody*, et après le *Melody* ce fut d'autres bars, puis juste la nuit, le retour inespéré aux fondamentaux, les yeux rougis par la fumée redécouvrant enfin les bienfaits secs de l'air froid, les doigts délivrés du trophée des verres qu'on brandit dans la célébration d'on ne sait quelle victoire, chaque pas rendu à la marche après mille piétinements, et ce dans des rues où les paroles flottaient, légères, avec de temps à autre un mot plus courageux que l'autre, qu'il suffisait d'admirer, comme s'il n'était pas de leur fait, et n'avait rien d'un aveu.

De pesante, l'ivresse se fit éparse, facétieuse, Lucy protégea moins les choses qu'elle n'aurait pas dû dire, pas si tôt, sachant que le sommeil, quand il viendrait, ferait, en digne couperet, le tri et en laisserait bien assez au rêve.

S'interdisant ces frôlements dont les corps éméchés savent pourtant feindre l'irruption fortuite, prenant goût au commencement de l'équivoque mais sans jamais laisser la confiance servir de tremplin, ils s'inventèrent un attachement susceptible de devenir amitié. Pas une fois Lucy ne laissa à son désir l'occasion de lui soumettre des répliques, même précieuses, même évidentes. La confection d'une chose aussi magique qu'une rencontre leur suffisait apparemment, et quand au petit matin la fatigue, plus que la volonté, crut bon de les séparer, ils purent aller chacun leur chemin, riches enfin de ce qu'on ose parfois nommer : contentement.

C'est en se laissant tomber, tout habillé, langue mâchée, sinus parés aux ronflements, à même la couverture de son lit où le soleil, déjà, par la lucarne entrebâillée, réveillait tout un peuple de poussières, qu'Antoine se rappela la poupée. Il avait dû, à un moment de la soirée – était-ce au *Melody*, ou plus tard, sur les quais ? dans ce square sans enfant dont ils avaient essayé un à un tous les bancs écaillés ? –, poser puis oublier le carton où dormait, flétrie, exsangue, rose, la putain Pandore.

*

Pauvre poupée à la plastique abreuvée d'air, dont les coutures n'attendent que l'ennui d'une verge pour céder à la tentation d'éclater, aux jambes aussi peu érotiques que des cisailles, chacune de tes mains réduites à l'idée de moufle ! voilà que tu soupires après Antoine, dont la masse imbibée de troubles et de spiritueux aurait de toute façon été loin de composer ce grand poème d'amour qu'il te faut pour être autre chose qu'une baudruche baisable.

Chose simple, chose qui même divisée n'en vaudrait pas deux, toute dilatée par la honte que ta propre valve t'inspire, toi dont les yeux pourtant aimants ne sauraient fixer que le plafond de l'autre, prête à fuir au moindre spasme par ces orifices rudimentaires dont le fabricant t'a dotée pour la fête de la pénétration, sais-tu chanter les trilles de la convulsion ? sais-tu mordre, baver, couiner, répondre aux contractions par d'autres contractions, exalter avant de rejeter, luisante, palpitante, orteils tendus ? Bref, sais-tu foutre sans t'en foutre, du moins en apparence ?

Il serait pourtant dommage de congédier ainsi ces coppélias mafflues, car en elles s'incarnent non seulement une convoitise élémentaire mais également un idéal compassionnel – et puis, on ne sait jamais ce qui peut arriver. Leur chair peu regardante, quoi qu'on en pense, a conservé dans sa texture la mémoire des deux plus séduisantes découvertes humaines, et chaque fois que l'amant hagard allonge sa carne sur l'une de ces barbies mutiques, ce sont deux dates bien roides qui gonflent de fierté les seins du pantin putassier : 1745, 1839. Deux dates que l'on sait accouplées aux deux noms suivants : Charles Marie de La Condamine et Charles Goodyear.

Sans aller jusqu'à nous égarer dans les jungles du passé, dont il fait bon descendre le fleuve, rejoignons La Condamine qui, plutôt que dénicher quelques Amazones, s'amouracha du *caotchu*, littéralement et poétiquement “le bois qui pleure”, qu'il francisa en “caoutchouc”, rapporta et livra à son destin immense sans lequel nous serions encore les otages d'un monde tristement rigide.

Puis vint l'autre Charles, au judicieux patronyme, Mr Goodyear, qui réussit, au plus fort de l'hiver, à mettre au point, mais imparfaitement, ce procédé chéri entre tous : la vulcanisation. Certes, il avait juste laissé tomber par mégarde un extrait de caoutchouc soufré dans un poêle mais, à force d'obstination, il parvint à stabiliser les propriétés de la gomme magique (et à accumuler suffisamment de dettes pour filer en prison), avant d'oser un ajout d'eau sous pression au mélange et d'accoucher, dans de formidables contractions, d'un caoutchouc suffisamment résistant pour permettre cet autre procédé dont nous sommes tous tributaires, redevables, jaloux : le gonflage. Et que dire de ses deux enfants chéris, le complaisant Latex et sa jumelle, la vertigineuse Vinyle, tous deux nés en 1928 ? Ô généalogie, tes voies ne sont donc pas aussi impénétrables qu'on le prétend.

Poupée sans nom, au visage crayonné d'enfance qui peine à jouir dans les recoins de ta solitude adulte, tu fus la reine des marins espagnols et français au XVIIe siècle, quand, bricolée à partir de vieux chiffons, de cuirs mâchés, gavée de matières bien souvent culinaires, tu devins la fée futile qu'on emportait dans les perditions au long cours, manipulée à tour de quart par ces mêmes vits qui plus tard, sur ordre des maîtres, répandraient la vérole parmi les esclaves de nos colonies.

Oh, comme il serait bon que la raison s'intéresse à tes courbes et cavités, et que d'un dard réglé elle t'initie aux rudiments de la métaphysique. Imaginons ton con accordéon envahi par le doigt pourtant peu voluptueux de la déduction. Que ressens-tu ? Quelles algèbres humides font soudain de ton silence un acquiescement ? As-tu connaissance d'une chaîne érotico-logique dont nous serions exclus ? Écoutes-tu seulement le vent dans tes pores ?

Quoi ? Tu dis que c'est possible ? Tu as raison, ainsi que l'atteste le drame vécu par Descartes, dont la fille Francine, conçue à Amsterdam le dimanche 25 octobre 1634, naquit le 19 juillet 1635 avant de décéder d'une fièvre éruptive le 7 septembre 1640 – ô comme

René comptait et calculait ! L'irremplaçable Francine ne le resta pas longtemps et le philosophe confectionna une poupée à l'image de la défunte, en laiton et cuir, convenablement articulée, qu'une petite chaufferette, placée là où aurait dû battre un cœur, portait à une température propice aux émois. Descartes l'emporta avec lui lors d'un voyage maritime en Suède, dissimulant son existence aux membres de l'équipage, lesquels, on le sait, désapprouvent toute présence féminine à bord, sachant qu'un simple effluve de nymphe suffit à retourner la coque. Mais à force d'entendre le philosophe s'entretenir à voix basse dans sa cabine avec sa petite chérie, s'entretenir et peut-être davantage à en croire les clapotis, chuintements et râlements qui filtraient entre les planches de la cloison, un marin finit par concevoir certains doutes quant au célibat cartésien. Il s'introduisit un soir dans les quartiers de l'éminent passager, retenu sur le pont par le capitaine qui souhaitait l'interroger sur les astres, et, après une nerveuse perquisition, découvrit dans une des malles la provocante nitouche. La prenant par les épaules, dont son corsage laissait luire le grain ivoirin, il la secoua, incrédule, puis alerta dans la minute ses compagnons – la suite n'est que bousculades, vociférations, corps traîné dans la coursive, rebonds du crâne en porcelaine sur le bois des marches, puis le pont, les roulis, les suppliques en latin, en français et même en frison de René, les tergiversations, les pleurs, et enfin, dans la vaste torpeur océane toute rutilante d'étoiles, à peine audible mais d'autant plus terrible au beau milieu des grincements de la coque et du chahut des vagues, un **plouf** dont les sombres échos se peuvent encore entendre entre les pages des *Meditationes de prima philosophia, in qua Dei existentia et animæ immortalitas demonstratur* – ensuite de quoi Francine, frigorifiée dans son linceul d'ondine, s'en alla gésir dans la forêt des anémones.

Quant à l'artifice à cent cinquante balles oublié par Antoine sur un banc de square ou dans un café tapageur, il resta, telle l'humanité en temps de guerre, introuvable.

3

DÉVOTIONS

C'était une amitié facile, aux traits parfois tirés, certes, à la démarche un peu bancale, comme si aller de pair n'allait pas toujours de soi, y tendait seulement, à force d'ajustements, et jamais ils ne se touchaient, jamais ils ne déduisaient d'un contact autre chose que la valeur retenue du hasard, mais le plaisir qu'ils prenaient et reprenaient à se parler, à laisser leurs voix faire ce que leurs corps s'abstenaient d'essayer, ce plaisir était aussi réel que la brûlure du café sur le bout de la langue ou l'anse de la tasse que leur index explorait, rêveusement.

Lucy lui parlait d'elle sans jamais donner l'impression qu'elle cherchait à décrire ou vanter une région habitable, se donnant à visiter par touches, prenant toujours soin de régler au plus bas la lumière afin qu'aucun éclairage trop cru ne la mette en valeur ou en péril. Parfois, ne trouvant pas un mot, lasse sans doute de recourir à l'américain, elle le remplaçait par un geste chantilly dont elle laissait à Antoine le soin de percer, littéralement, le sucré. Quand ils marchaient, c'est elle qui d'un doigt tendu, soudain jailli de sa béante manche synthétique, désignait les choses à voir, dont se moquer, vers lesquelles diriger leurs pas. Un manteau de fourrure, derrière une vitrine, dont une vendeuse écartait les pans comme si elle y cherchait l'âme renarde ; un flic chargé de la circulation qui reluquait une femme au bas filé sans voir, à quelques mètres sur sa droite, le clodo torse nu et bretelles baissées qui pissait devant les bureaux de la Confédération de défense des commerçants et artisans ; l'affiche d'un cinéma où un grand blond à veste à franges et chapeau western semblait aimanté à un rital gominé qui tenait son clope entre pouce et index – avec, derrière ce douloureux duo, une ville bleue, sombre, éternellement électrique.

Et Antoine de voir par les yeux de Lucy la façon qu'avait ce monde de se prendre pour le monde, de singer la diligence de la nature, avec ses prises de bec et ses coups de patte, ses battues et ses ruts. Il était la vague sur la vague, baignait dans le phosphore des mouvements de Lucy, n'hésitant pas à se lover dans la liqueur de son accent, oubliant même qu'il voulait tout oublier ou presque, subjugué par cette femme qui avait admis sa présence sans rechigner, sans rien demander, sans même s'offusquer de l'aura virginale qu'il s'obstinait à présenter.

Parfois, Lucy, lasse de parler, le plantait là pour s'en aller draguer, dans un déhanchement étudié. Antoine, alors, achevait la phrase interrompue dans l'intimité de son moi, son moi qui percevait tant de choses, tant de choses lointaines.

Les horaires des *Sept Délices*, déjà instables, devinrent franchement fantasques. Il fallait qu'ils se promènent, le jour, la nuit, surtout entre les deux. Qu'ils voient des films. Traversent la Seine, dans un sens puis dans l'autre, avant de la longer à la nuit tombée, malgré le froid qui, plus rationnel qu'eux, donnait chaque jour de nouveaux témoignages de son empire. Le labyrinthe des cimetières, les petits musées oubliés, les dernières guinguettes, mais aussi les chantiers où la boue craquelait de façon presque audible sous l'assaut du gel après le départ des ouvriers, et puis, bien sûr, les bars des hôtels qui servaient encore tard, les jardins des cliniques, si sombres, si denses, leurs buissons enflammés de temps en temps par le cri d'un nouveau-né – et d'autres lieux, aux limites moins définies, d'un accès souvent crypté, faits d'échanges, d'ententes, de rires, mais aussi de bousculades, d'éclats, des lieux susceptibles d'abriter une presse, quelques pots de colle, des bouteilles d'encre, des bidons d'essence, avec en prime de quoi boire, fumer, lire, recommencer. Les palissades qui ceignaient à présent l'ancien chahut des Halles prenaient la nuit une allure fortifiée, hostile, qu'ils évitaient comme un camp de répulsion, préférant pousser jusqu'à Bastille où rouillait déjà la dernière locomotive à vapeur, celle qui n'irait plus jamais à Vincennes. Ils longeaient alors les rails, sifflaient des airs, s'amusaient à cracher du haut du viaduc, piquant souvent des sprints quand un coup de sifflet venait leur rappeler que, si Dieu était bel et bien mort, tout n'était pas encore permis.

Puis la vie, la vie telle qu'ils la manigançaient au jour le jour, changea. Lucy annonça qu'elle allait devoir s'absenter de temps à autre, jamais pour très longtemps, c'était pour le bien de la boutique, il devenait difficile de s'approvisionner en certains articles, les trois quarts des colis en provenance du Danemark disparaissant dans le bas-ventre des PTT. Il y avait d'autres solutions, certes, comme de faire transiter la marchandise par le Canada, mais c'était onéreux, les délais demeuraient aléatoires, non, pour survivre, *Les Sept Délices* devaient renouveler plus sérieusement les stocks, elle irait donc elle-même chercher *all these fucking sexy things* à Londres et parviendrait bien à déjouer la sagacité des douaniers.

Mais les déplacements de Lucy n'aboutissaient à rien. Elle ne rapportait jamais de sexotonique révolutionnaire, nul manchon vibrant à fourrure synthétique, même pas de médiocre copie VHS de *Sexy Clinique*, rien, hormis des jupes défraîchies et des jeans ravaudés, ainsi que des foulards voués à roussir sur l'abat-jour quand, en pleine nuit, on souhaite juste assez de lumière pour regarder monter la fumée de la cigarette qui se consume dans le cendrier, soudain allégorique. Des jupes, des jeans et des foulards parfumés à l'encens, au patchouli, avec parfois cousus dessus une pomme croquée ou une langue tirée, car trouvés dans les allées arc-en-ciel de Camdem Market, à quelques dizaines d'heures de Paris, autant dire le dernier endroit au monde, après Bagdad et Carcassonne, où espérer se fournir en godes et vibros.

*

Le vendredi que redoutait tant Lucy finit par arriver, tel le dernier wagon d'un train qu'on aimerait ne jamais voir ralentir. Il restait deux clients au fond du sex-shop, juste derrière le rayon des verges artificielles et des ceintures-supports, un couple transi qui se partageait le même missel et qu'un franc toussotement émanant de la gorge de Lucy fit – *pfffuiiit* – déguerpir, adieux pinsons ! L'heure était venue de fermer cet antre dédié à l'espace interfémoral et d'aller à son rendez-vous.

Quand Lucy s'agenouilla pour verrouiller de l'extérieur la porte des *Sept Délices*, elle eut conscience à la fois de la tension imposée au skaï de sa jupe et d'un tiraillement dans les muscles de ses mollets. Conjuguées, ces deux sensations lui rappelèrent à quel point le sexe lui manquait. Elle souffrait depuis quelque temps de cette abstinence, souffrait encore plus quand elle comprenait que le manque se faisait discret. C'était moins le plaisir et sa claque saine dont elle avait envie, moins le bleu que le coup, moins la conclusion que les très concrètes positions, ses bascules et ses prodiges.

Jouir, elle pouvait, savait le faire, d'une main d'une seule, mais ce n'était point de confection dont elle avait ici urgence. Elle voulait la matière de l'autre, son poids, sa consistance. Et tomber de tout son corps sur une peau, en pluie, en soif, se désaxer à la force des hanches, choquer les dents, retrouver le plaisir de la salive dans cet arrière-goût de sang que le baiser fabrique, s'en remettre à l'instinct des ongles, aussi, et plonger cul nu, cul vivant, dans le désordre du moment, n'importe où : contre un mur, sur une table, devant un miroir. Sous les paupières, deviner le crâne, sentir les os, jusqu'à la toute dernière pensée, celle qui fait spirale, puis remettre ça, encore et encore, laisser les doigts se servir parmi les reliefs, s'enivrer de succulence comme d'amertume – et relever les jambes pour ne rien taire de l'amour.

Baiser était magique, pratique, inévitable. Elle aimait l'insolence de la pause quand l'autre hésitait, suspendu au-dessus de son cul soudain noueux, noueux mais incroyablement fébrile, incroyablement attentif. Elle aimait la reprise des manipulations, le tempo du bassin, puis de nouveau : pause, retenue, torture. Le secret de la baise résidait peut-être dans cette charade.

Elle avait soif, quand se profilait le shoot final, de ces petites, de ces brèves, de ces cristallines cavalcades de sons crachés, de sons crus, qui profitaient de ce que la mort oubliait de vous faire payer le prix fort. Faire à cette mort un peu d'ombre semblait miraculeux, elle le sentait dans ses seins, son vagin, tout autour de son clitoris, un peu dans ses reins et beaucoup dans sa tête qui n'était plus que bastringue, car c'était maintenant qu'il fallait trembler, d'un tremblement qui avait valeur de danse, et devoir de survie.

Seule dans la rue où les passants hésitaient encore entre se hâter et s'attarder, Lucy posa sa langue sur le bout du mot *sexe*, puis suçota les contours du mot *orgasme*, faute de pouvoir savourer le relâchement majeur. Lucy en aurait pleuré, parce que trois mois sans baiser, hein, reconnaissons qu'aucune poésie n'y aurait survécu.

*

Elle se rendit directement au *Balto*, salua d'un haussement de sourcil le barman en pleine guérilla martini shaker coupelle cacahuètes cendres au bord de l'effondrement, descendit la dizaine de marches spiralées menant au réduit des toilettes et, plutôt que d'aller pisser, décrocha le téléphone mural sans trop prêter attention au bonneteau auquel s'adonnaient les lumpen-clients de ce rade où elle avait ses habitudes et ses travers. Les dix trous du cadran parurent moites à son index quand elle composa, avec ce répétitif mouvement qui est l'hommage de l'inertie au ressort, le numéro DAN 70 30. Dos aux graffitis, un genou remonté pour délimiter une guérite invisible autour de son corps, elle guetta le moment où Louis, le gérant de l'hôtel *La Sage Décision*, reposerait son *France-Soir* et chercherait du bout des pieds ses charentaises pour répondre plus à l'aise au coup de fil de Lucy – Allô, bonsoir ma belle, oui, Antoine est là, je vais le chercher, ne quitte pas, au fait t'as pensé à mon – merci, je te paie dès qu'ils m'ont, ah, d'accord, je lui filerai l'argent, entendu, une semaine au plus sauf si, bon je vais le, oui, quitte pas, j'traîne la patte depuis mardi, à cause de, hein, j't'entends mal, bon, bon, j'y vais.

D'en haut, du monde des assoiffés, des excités, des damnés de l'atermoiement, lui parvenaient les volutes d'une chanson : *The Windmills of Your Mind*, une chanson dont elle s'était plus d'une fois enveloppée avant, pendant et après le coït, hymne giratoire, ode au vertige, sirupeuse à souhait, mais ce soir-là la voix du chanteur, Noel Harrison, une fois affranchie de la bande magnétique du juke-box, déchirée dans sa descente par le bal des santiags, puis lentement usée par les nappes de nicotine, cette voix perdit peu à peu sa sincérité, et parut, au terme de sa cascade dans l'escalier, un chant du renoncement, qui pourtant persistait à l'ébranler.

L'endroit sentait la pisse Valstar et le shit made in Ibiza, et Lucy alluma une Dunhill en contemplant, sur le mur d'en face, le dessin d'une pine relativement fluette d'où giclait un slogan peu convaincant. La tonalité grésilla puis la voix du gardien de l'hôtel s'imposa, parfaite imitation d'un paillasson vocal : Lucy ? Je te passe Antoine, hein, il est là, il –

Un chevelu qui sortait des chiottes lui lança un regard conquistador mais hélas un peu trop héroïnomorphe, qu'elle creva d'un majeur dirigé droit vers Dieu, substance morte. Sourire, compréhension : on n'était pas en guerre. Camarades. Fractions. De toute façon on va tous se faire baiser. L'ex-urineur, déguévaraïsé par la gestuelle de Lucy, peina à dissimuler, lui aussi, sa part d'asthme. Le sexe sait composer. Et mieux qu'Aragon, parfois.

Antoine, c'est moi. Lucy.

…

On se voit toujours la semaine prochaine ?

…

Tu as oublié ?

…

Alors ? Yes or no ?

…

Vingt et une heures chez moi, OK ? J'ai un truc spécial à te montrer. You're gonna love it, oh oui.

…

Tu es toujours là, Antoine ?

Antoine pensa qu'il viendrait et raccrocha. Et peut-être même le dit-il.

*

Quand Lucy remonta dans la salle, suffisamment agacée pour avoir envie de forcer sur quelque chose, ou quelqu'un, l'ambiance s'était tassée, les emmerdeurs avaient réglé leur note et le Grundig du patron baissé d'un ton. Même le flipper ne clignotait plus, se contentant de frissonner par à-coups. Elle commanda un double whiskey dont elle suça les glaçons superfétatoires en attendant l'arrivée de Wen Kroy.

Elle n'avait pas donné d'heure précise, sachant qu'avec lui ça n'aurait servi qu'à accentuer son retard et la tension de leurs retrouvailles. Il l'avait appelée deux jours plus tôt, se manifestant d'abord par un raclement de gorge qu'elle reconnut malgré la mauvaise qualité de la communication téléphonique. Elle sut qu'il ne ferait aucun commentaire, ne donnerait aucune explication, ne dirait pas, enfin pas tout de suite, comment il avait retrouvé sa trace, s'il était venu en Europe pour elle ou pour de tout autres raisons.

Elle savait que le mot "mission" suffisait à délimiter le spectre des activités de Wen Kroy, pour le reste il y avait les journaux, si c'était grave alors les pages politiques y feraient allusion, si le travail était bien fait, la rubrique des faits divers suffirait – et si rien n'était imprimé, alors c'est qu'il était encore plus doué qu'il ne voulait l'admettre, ce qui n'était pas peu dire.

Le deuxième whiskey fut meilleur, pas seulement parce que le barman omit les glaçons, mais parce qu'il était triple et agissait enfin sur ses nerfs, tamisait tout, l'autorisant à jouer à l'avance la scène qui allait suivre, lui soumettant des répliques, de plus en ciselées, qu'elle n'aurait qu'à insérer dans la conversation le moment venu, si elle se les rappelait, ce qui était de moins en moins certain à mesure que le fond vitré du verre se dressait de plus en plus à la verticale, et qu'elle –

Laisse-moi t'offrir le troisième.

Avant de s'asseoir devant Lucy, connaissant parfaitement ses habitudes, il avait dû guetter le moment où elle fermerait les yeux pour mieux apprécier la dernière gorgée, ce qu'elle n'avait pas manqué de faire, lui offrant ainsi la seconde d'inattention nécessaire à la mise en scène de son arrivée. Il fit un signe au barman, qui, bien qu'occupé, tourna aussitôt la tête et acquiesça. Lucy s'abstint de soupirer et attendit qu'il la touche, ce qu'il ferait, dès qu'on les aurait servis. Une simple pression de la main sur son poignet, semblable à la mise en place de menottes, une réactivation de sa peau, assez précise cependant pour qu'elle sache si, oui ou non, il avait envie ou besoin d'elle – ou les deux.

Ça se passait toujours comme ça avec Wen. Ils se connaissaient depuis si longtemps que chacun était la banque où l'autre entreposait ses secrets les plus dangereux. Ils avaient couché ensemble, bien sûr, mais le plus souvent pour autre chose que le plaisir, conscients qu'ils tissaient ainsi, à peu de frais, un fil rouge qui leur permettrait de croire en une certaine continuité, en tout cas une continuité autre que celle que leur avait imposée l'histoire. L'histoire ? Ils auraient été bien en peine de dire où était passé son grand H, et même si chacun avait emprunté un chemin différent, elle s'enfuyant, lui changeant sans cesse de camp, l'impulsion commune qui les avait associés continuait de les réunir à intervalles irréguliers. Le fait qu'ils fussent tous deux américains, tous deux vivant sur le sol français, tous deux solitaires et rompus aux manipulations ne suffisait pas à expliquer, ni à justifier, le magnétisme auquel, l'un comme l'autre, ils obéissaient.

Elle lui "rendait des services", façon élégante de faire du passé une machine à dettes plus qu'à émancipation. New York 51, San Francisco 68 : ils avaient épuisé les deux pôles de leur Amérique personnelle, trahi tout ce qu'il y avait à trahir, puis largué les amarres, pour parler poétiquement, pour ne pas donner de noms, noms pour la plupart consignés dans des archives que même le Congrès ne verrait jamais.

Alors ?

Lucy savait la question insolente, savait aussi qu'elle ferait sourire Wen, qui raffolait des questions. Oui, les questions mettaient Wen en joie, il les répétait, les déformait imperceptiblement pour en ôter le sel inquisiteur et les transformer en énigmes qu'il avait alors tout loisir de simplifier, d'ériger en légendes ou de compresser en anecdotes, au terme de développements qui devenaient à leur tour interrogations, lui permettant de sonder le sondeur, contraignant pour ainsi dire l'autre à dégager lui-même la terre autour des racines, jusqu'à mettre à nu la source de ses doutes. Car tout était pour lui prétexte à dissertation, et il était incapable d'ébaucher une réponse sans décrire jusque dans ses moindres recoins les contours fractals du questionnement.

Si tu es revenu, Wen, c'est que t'as besoin de moi. Right ?

Besoin de toi ? Darling, je n'ai pas besoin de toi, c'est pire que ça, tu le sais bien. J'ai besoin d'avoir besoin de toi, éventuellement, et j'espère que la nuance te va droit au cœur, ou mieux, glisse sous ta jupe, là, maintenant, qu'elle s'insinue où il faut et fait son ouvrage. J'exagère, mais comme on dessine une pomme dès qu'on veut rendre plaisante l'idée de fruit, parce que les subtilités nous échappent, c'est ça le problème. Allons ailleurs. J'ai faim, et ma faim n'apprécie guère ce trou à rats.

Il l'emmena dans un restaurant probablement hongrois, qu'abritait l'entresol d'un bâtiment qui aurait pu être aussi bien une ambassade bidon qu'un bordel authentique, et dont il ne cessa de critiquer la carte et le décor tout en paraissant se régaler, sa fourchette décrivant au-dessus de la nappe des idéogrammes qui attiraient le regard et empêchaient de saisir toutes les subtilités à l'œuvre dans sa voix.

Garçon ! Ah, Lucy, sweet Lucy, nous finirons bien par faire rendre gorge à ces treize degrés de malédiction ! Alors, qu'allons-nous faire d'Antoine ?

Wen…

What ?

OK… Antoine est –

Oui, je sais : différent. Ils sont tous différents.

Non lui c'est spécial il n'est pas ce que tu crois il est un, un –

Lucy. Lucy. Ne me dis pas ce qu'il est. Mon plus grand plaisir sera de le découvrir par moi-même. Et maintenant écoute-moi bien, parce que quelque chose me dit que tu peux m'aider. Ne fais pas cette tête ! Bois ! Et je n'ai pas, je crois, besoin de te rappeler que mon temps est limité et tes exigences inutiles. Tu as oublié quelque chose en Californie. Un bien précieux, selon moi. Et je crois savoir qu'il se trouve actuellement quelque part en Irlande, où comme tu le sais ce n'est pas particulièrement le beau fixe, surtout quand, jeunesse aidant, on se passionne pour les explosifs.

IV

RÉVOLUTIONS SIDÉRALES

(La Lune, Copenhague, 1969)

1

LANCEMENT

Un matin, Antoine retrouva ces trois mots sur ses lèvres, balbutiés par le sommeil après avoir traversé saharas et océans, chaque syllabe – *loué!* – encore imprégnée – *soit!* – d'un parfum douceâtre – *Dieu!* –, qui était peut-être celui du jardin dont il avait été chassé, un jardin qui dans sa mémoire s'appelait encore Pont-Saint-Esprit. Il n'avait pas assez loué Dieu, apparemment, préférant adorer une fausse Vierge qui ne serait jamais sa poupée. Le réveil indiquait cinq heures dix. Sous ses fenêtres, un camion pila dans un grincement de pistons, et les éclats de voix des éboueurs chassèrent définitivement les bruits parsemés de la nuit. Ses draps, sur lesquels la couverture faisait boule, collaient à son corps transpirant.

Une image se forma alors devant lui, sur le mur, ou sur sa rétine, il n'aurait su dire, une image si saccadée dans sa manifestation qu'elle en était presque gaie. Comme au temps du pain maudit, quand il lui suffisait de mâcher un quignon pour décrocher de tout. Un visage ? une fleur ? les deux à la fois, par intermittence ou fusion ? Une ouverture apparut dans la vision, aux bords imprécis, d'où sortit un souffle rauque et, oui, *visible*, qui aussitôt y retourna, mais pas seul, avec un peu de lui, d'Antoine, mais sans douleur. Bouche rebelle au sein d'une autre bouche, la fissure se mit à tourner, et le mouvement concentrique l'aspira un peu plus, lui dont les membres semblaient exclusivement composés de sable humide. Puis le *voyage* devint violence, il ne fut plus question ni de vouloir ni de pouvoir, de nouvelles combinaisons entre le monde et lui prirent le relais de sa conscience. Souvenirs et prémonitions comme autant de figures géométriques, toiles tissées hors les lois de la perspective, fantaisies arachnéennes, variations radieuses, vibrantes, avec pour seules ambitions la tombée des masques, l'étreinte de la gloire et le décollement des sens. Loué soit Dieu, vomit-il par à-coups après s'être levé précipitamment, tandis que le battant frappait les deux cloches de son réveil pour annoncer qu'il était midi.

Cramponné des deux mains au lavabo face au miroir grêlé, il attendit, son regard interrogeant ses yeux, et disant : Ne fais pas cette tête, tu connais cet état, tu l'as déjà vécu. Oui mais quand. Mais où. Dans quelles circonstances. Avec qui. Et pourquoi. *Pour quoi.* Concentrant une cent millième fois ses pensées sur la galaxie de trous d'où sa mémoire refluait sans cesse.

Il inspira toutes les âmes en suspens dans la pièce, particules grises et volages. Se rappela.

Il était seul et avait mal aux oreilles, il était penché, tenait un outil, un outil lourd. Il réparait quelque chose, non, frappait, donnait des coups sur du métal, il avait mal au bras, l'eau lui arrivait aux chevilles, ou aux genoux, près de lui un corps flottait, il voyait son dos gris, puis il ne vit plus rien. Une autre image surgit, un ciel occupé presque exclusivement par un soleil, un soleil jaune, et du sable à perte de vue, du sable dans le corps et en dehors du corps, des bruits de moteur, aussi, peut-être une route, des cahots, plutôt une piste, et le vent, le vent déchaîné. Le soleil se mit à émettre un son hargneux, non, pas le soleil, pas celui dans sa tête, non, ça venait de la rue, un grrrrRRggvrvrvrv pulsé par les 49 cm^3 d'une Motobécane, à tous les coups une Peugeot BB bien trafiquée, offrant *in extremis* à la conscience d'Antoine le bruitage idéal à sa remontée du temps.

Et alors que le mirage allait enfin affiner son cadre, il crut que tout, plus fort, plus réel, explosait, panique, fuite, ordres criés, le sang qui coulait des oreilles – constatant alors, les pieds dans une neige de plâtre où brillait déjà l'argent des vis et boulons, qu'il tenait entre ses deux mains le petit lavabo, descellé à force de rage, d'impuissance, de peur. Loué soit Dieu, qui lui avait appris la patience et la plomberie.

Tout lui reviendrait, bientôt. Il sortit et marcha des heures pour faire taire le tremblement dans sa mémoire.

Quand il revint à l'hôtel *La Sage Décision*, il était huit heures du soir, et la première chose qu'il vit fut le petit carré de papier que Louis, le vieux gérant, agitait derrière son comptoir tout en feuilletant son *France-Soir* fétiche, toujours le même numéro, vieux de cinq ans, mais où figuraient en page 35 les résultats du loto dont sa femme avait décroché le faramineux pompon, ensuite de quoi elle avait disparu avec un ami de Louis pour des îles qu'on espérait enchantées, plus probablement un préfabriqué en province, laissant son mari diriger tout seul l'hôtel où ils s'étaient connus, hôtel où il trônait depuis, forme grise embaumée dans des effluves de Boyards et de Cologne, encore large de cœur mais si revenu de tout que se laisser entraîner dans sa conversation revenait à faire un concours de soustraction. Car au grand dam de Louis les gens peignaient de moins en moins de poires et de chaumières, la danse de Saint-Guy avait remplacé les belles plantations rythmées du madison, les guinguettes déclinaient tandis que les drugstores florissaient, et le magazine *Pilote* occupait désormais sur les étagères une place naguère réservée à Pierre Benoit.

Antoine s'empara du papier que Louis tenait toujours dans la pince jaunie de ses doigts, lui demanda s'il avait besoin de quelque chose, fit mine de ne pas entendre la doléance catarrheuse qui suivit et ressortit immédiatement pour lire le message à la lueur de la supérette Potin qui même fermée gardait deux ou trois néons éclairés. C'était l'écriture de Lucy, tout en bâtonnets et billes incomplètes : "J'espère que t'as pas forgotten my invitation de l'autre soir, je t'attends chez moi pour celebrate la lune pleine! Tonight, 21 PM, xxxx, L."

Louis lorgna par-dessus son quotidien et ânonna comme s'il lisait à voix haute un extrait d'article : "C'est une occasion unique qu'il serait dommage de rater", puis haussant le ton tout en parvenant à soupirer : "Des comme elle on n'en fait plus." Antoine se demanda s'il parlait vraiment de la lune, en pleine ascension et d'une clarté quasi onctueuse en ce dimanche 23 novembre 1969.

2

SÉJOUR

Lucy avait dû le voir arriver par la fenêtre car, quand il atteignit le cinquième palier, la porte était ouverte, enfin pas vraiment ouverte, juste le battant délicatement collé à l'embrasure, prêt à pivoter sous l'appui de sa paume. Quelques bougies allumées, une très légère odeur de cumin que confirmaient un bruit de bouillon et l'œil bleu d'un brûleur, la magie butane réglée à trois fois rien.

Il traversa le couloir en laissant ses doigts dompter les fibres du tissu rouge et brun suspendu au mur, éprouva des pieds la raideur du parquet, en mémorisant tous les grincements, qu'il lui suffirait plus tard d'accorder au pas de Lucy pour presque entrevoir sa démarche. Son index frôla l'embout poli du dernier interrupteur avant le salon, le premier qu'actionnait sans doute Lucy avant de faire glisser, du talon gauche, son escarpin droit, puis du droit celui de gauche, car il crut distinguer, à la surface du tapis qui partait du seuil, quelques zones plus embossées que d'autres.

Il aperçut Lucy, debout, dos bien droit, cheveux en diagonale sur la nuque, mais il préféra prolonger son examen des lieux. Le canapé rappelait une barque échouée – un pied bancal ? – et ses deux coussins offraient une dissymétrie marquée, l'un d'eux présentant des creux jumeaux qui disaient assez clairement que c'est là que Lucy y posait son cul. Devant le canapé, une table basse en verre, dont le plateau opaque évoquait une larme idéale, semblait avoir été nettoyée à la va-vite, et il repéra la coque fendue d'une pistache près du pied de la lampe.

Sur sa droite, des étagères, chargées de livres souvent inaccessibles en raison de bibelots et de cadres, aux titres qui se lisaient de haut en bas, donc tête penchée vers la droite, parce que de conception anglo-saxonne. Il eut l'impression de détenir soudain le secret de ce mouvement de tête qu'avait souvent Lucy, une inclinaison machinale quand elle regardait quelque chose, et qui devait être la signature de son amour des livres. Antoine se demanda si le fait de lire les titres de façon ascensionnelle le rendait incompatible avec le mode imposé à son amie américaine, à moins que cette différence d'approche ne favorisât, bien au contraire, le contact de deux crânes s'intéressant au même rayonnage.

Tu viens la voir ?

Elle s'était retournée avec une lenteur qu'il ne lui connaissait pas. Le contre-jour l'empêcha dans un premier temps de voir son visage, ce qui changeait dans son expression. Il avança doucement, se concentrant d'abord sur le front de Lucy, puis sur l'arête de son nez avant de laisser son regard effectuer un 8 couché autour de ses joues, s'attardant un temps sur son menton, qui au même moment se releva imperceptiblement, puis se posant sur ses yeux, mais les paupières de l'Américaine s'abaissèrent et elle se détourna, l'attirant vers elle par sa manche. Antoine sentit le bras gauche de Lucy contre son ventre et comprit qu'on lui avait enlevé son plâtre. Il eut du mal à respirer, soudain.

Tu la vois, Antoine ?

Il y avait des morceaux de rire dans sa voix, et en se rapprochant d'elle il perçut l'odeur attractive du bourbon et du cumin. Dans le ciel, en revanche, rien, hormis cette clarté artificielle qui n'était pour lui que la négation de Pont-Saint-Esprit, et d'autre chose aussi, d'un lieu immense et vallonné où marcher se révélait souvent difficile, mais ce n'était pas le soir où solliciter sa mémoire morte, car il était venu voir la lune, et Lucy attendait de lui qu'il la voie, entière, nue, pleine – pourtant rien, ni entre les vieux immeubles ni du côté de la Seine en ce dimanche 23 novembre 69.

C'est normal, dit-elle en lui donnant une tape sur le bout du nez. Too early. On la verra in her grandeur dans quelques minutes, tu vas voir, tu vas la voir, là, elle est déjà sortie mais ce gros dumb ass de Panthéon il la cache tu veux boire un truc because moi j'ai commencé oh yes.

Sans prolonger l'échange elle le contourna en le bousculant presque, lui serrant aussitôt l'avant-bras au point qu'il sentit, sous le coton de sa chemise, ses longs ongles, mais c'était peut-être plus l'alcool que le plaisir de le faire rougir, et quand elle revint après avoir laissé tomber quelques glaçons sous la gazinière, elle lui tendit un verre à pied rempli aux deux tiers d'un liquide qui ne pouvait être que de l'or, you like sauternes darling ? j'espère que t'as pas beaucoup faim because mon repas il est well a little cramé mais on s'en fout non ? c'est la lune où on va ce soir Antoine non ? What ? J'ai dit un truc funny ?

Antoine était sur le point de dire quelque chose quand, les surprenant de profil, avec une célérité dont même les sentiments humains étaient incapables, la lune émergea derrière le dôme du Panthéon, presque furieuse, et si volumineuse qu'ils tournèrent tous deux la tête. Luna rossa. Paris parut surpris par cet astre qui n'était là ni pour réchauffer ni pour éblouir – un sou, un sou nu, cru et monstrueux dont tous ignoraient la valeur.

Lucy battit des mains, sautilla, renversant un peu de l'or de son verre sur son chemisier.

Quand on pense qu'ils ont marché dessus, hein ? It's – c'est, comment tu dis, c'est, oui ! c'est crazy ! Comment tu dis déjà ? Fa-ra-mi-n –

Une vitre dont Antoine ignorait l'existence, mais qui devait être le masque dont sa peau était complice, vibra en lui, se fêla, et vola en éclats.

Il secoua la tête – tout en lui disait non, deux fois non, et ces deux "non" s'enlaçaient, se défiaient, s'accouplaient. Non, il ne savait pas que des hommes avaient marché quelques mois plus tôt sur la Lune, et cette ignorance lui était douleur, trahissait d'autres ignorances, disant assez quels retranchements avaient été les siens. Non, il ne savait pas, ne voulant pas savoir ni accepter, car si ces hommes avaient réellement fait ce que Lucy prétendait, alors cela signifiait que le ciel était – quoi ? vulnérable ? souillé ? trop proche ? La membrane du Saint-Esprit percé, son placenta forcé, fendu ? Il imagina de hideuses éclaboussures nacrées, dispersées par le vent rageur d'une fusée, formant tourbillons et crevasses, le saint magma à jamais déchiqueté, le salut des hommes réduit en cendres lumineuses, qui toutes retomberaient un jour, plus lourdes que des crachats. Il vit tout cela et crut entendre aussi les piaulements de deux chiennes asphyxiées, mais tout tremblait comme sur un poste qu'on n'arrive pas à régler, un poste manipulé par des idiots, confisqué puis restitué par des mains patientes, puis de nouveau confisqué, ne laissant dans son sillage que panique et désolation, privation et médication.

Lucy vit Antoine devenir chiffon et glisser à terre, elle crut à une plaisanterie, tendit la main, le manqua, s'affola, s'agenouilla, le serrant contre elle comme jamais elle n'avait osé serrer son fils.

*

Quand Antoine revint à lui, il vit, en place de la lune, le visage de Lucy, le ciel devenu surface, plafond, ses moulures agrémentant naïvement, presque pieusement, son visage attendu. Les doigts de Lucy caressaient sa joue et il entendait une musique encore plus mutilée que lui, accompagnée par une voix que même un prédateur aurait épargnée, une voix façonnée non seulement par la drogue et le culte de la déchirure, mais également par l'espérance d'une mort prompte, d'une mort jeune, célébrée en naufrage : *You get yours, baby, I'll get mine*.

C'était *Five to One* et, par-delà les portes de la perception, Lord Jim, la sainte douleur signée Morrison, d'autres extinctions, aussi, celle d'Aldous Huxley prenant sa dernière dose de LSD le même jour où la cervelle de Kennedy explosait, celle de Thomas Dylan, Lucy lui décrivant ce bruyant cimetière en phrases éclatées, comme pour le distraire, mais le distraire de quoi ? *No one here gets out alive now*, non, personne ne sortirait vivant d'ici.

Après quelques accords de trop vint l'errance vocale, le charbon de la voix, réduit grain après grain à mille fois rien, à des remontées d'acide, d'inutiles *love my girl*, de rugueux *one more time,* la batterie plus crédule qu'un cardiogramme détraqué, Jim hanté par l'impatient n'importe quoi de la fin qui vient, qui vient et qui parvint, enfin, aux oreilles d'Antoine, dans un crachement, un soulagement balbutié qui n'était plus que celui du sillon atteignant le seuil du vortex d'où s'éleva le diamant avant de revenir sur son orbite de départ où, stable, il se tut, un peu moins brillant sur son support en plastique.

Lucy lui décrivit alors Apollo, son improbable mission, non dans le détail, mais dans ses interstices, ceux par lesquels elle s'était glissée, clandestine, afin d'approcher une face qu'elle désirait cachée, et qu'il lui faudrait à son tour fouler, intranquille au milieu des cratères, acquise à la désolation.

3

DISTANCES

Puis, s'échauffant pour mieux le réchauffer, d'une voix où la fébrilité tentait vainement de rester discrète, elle lui parla des six cents millions de personnes qui avaient suivi l'événement à la télévision, autrement dit la terre entière, non ? Oui, tout le monde – ou "presque", ajouta-t-elle, comprit-elle, un peu tard, un peu brutalement, oui, tout le monde *sauf* trois milliards d'autres personnes, *sauf* ceux qui n'étaient pas devant la boîte, ignoraient même qu'il existât une Boîte, ou le savaient mais s'en fichaient, parce qu'on ne les avait pas réveillés, parce qu'ils préféraient baiser, boire, dormir, jouer, ou marcher, échanger des informations plus locales, plus vitales, plus sociales, parce qu'on les rançonnait au fond d'une allée, les saignait comme des porcs dans un bidonville, il y avait tant de fuseaux horaires, tant de raisons de manquer à l'appel, oui, un peu partout, comme embusqués, invisibles, trois milliards de renégats anti-lunaires, trois milliards d'aveugles parfaitement lucides qui n'avaient pas vu *ça*, et ce n'est que maintenant que Lucy comprenait, oui, alors pourquoi pas Antoine, pourquoi pas lui, où qu'il fût, puisqu'ils étaient trois milliards à n'avoir pas fixé l'écran, à n'avoir pas vu cette fiction, cette farce, cette invasion qui était, elle s'en rendait maintenant compte, la parodie d'une éternelle colonisation, elle aurait dû pourtant piger, *right on the spot*, quand Armstrong avait planté le drapeau américain, un drapeau qu'elle-même avait, avec ses amis, brûlé, déformé, peinturluré, détourné, mais jamais oublié, et quand il avait flotté, ce drapeau, avec ses bandes et ses étoiles, flotté à force de tiges métalliques tendues pour pallier l'absence d'air, de vent, elle avait eu comme un retour d'amour américain.

Dans les yeux d'Antoine, elle lisait des questions : Pourquoi la Lune ? Pour quoi faire ? Et aussi : Mais où étais-je ? Et encore : Es-tu sûre qu'ils y sont allés ? que ce n'est pas là l'épisode truqué d'un feuilleton auquel vous n'aviez qu'une envie, souscrire, afin d'oublier vos terriennes déconvenues ?

Les Doors s'étaient tus, et quelqu'un chantait *Everybody Knows This Is Nowhere*, Neil Young ? Oui, c'était Neil, et comme dans *Five to One*, il survivait, continuait, et derrière eux la pleine lune rissolait, peut-être gaiement.

Elle eut envie de l'embrasser, la grande affaire, mais au lieu de l'embrasser, la belle affaire, elle reprit son récit, lui dit où elle était et ce qu'elle faisait quand deux astronautes, devant six cents millions de regards captifs, obéirent à leur gouvernement et risquèrent leur vie, doublant les Russes, attends, je vais changer le disque, je veux te faire écouter autre chose, et ce fut *Dazed and Confused*, un morceau parmi la mort de milliards d'autres morceaux, avec ses lancinances, ses vrilles, ses coups de matraque, une ode au vertige déguisée en scène de ménage, chicane engendrant le désastre, ballade arrachée aux Yardbirds puis livrée aux flammes du Zeppelin.

*

Le 21 juillet 1969, Lucy D. n'était pas sur la Lune, ni à cap Canaveral ou à New York, non, elle était ailleurs, sur d'autres méridiens, quelque part en Europe, et plus précisément à Copenhague. Elle était venue en avion, d'Allemagne, coincée entre un type qui fumait des gauloises – les premières qu'elle voyait ! – et une femme qui lisait une revue pleine de foulards et de chaussures, après un vol d'un peu plus d'une heure et quelques retards dus à des mouvements sociaux, ayant quitté la courte piste de Flensburg en fin de journée, le mardi 15 juillet. Un car surchauffé l'avait conduite de l'aéroport de Kastrup jusqu'au centre-ville où elle avait au préalable réservé une chambre au *Lange Stor Dille*.

Il faisait nuit à son arrivée, elle était sale, fatiguée, et après un petit tour hésitant dans le centre, sans grande envie de quoi que ce soit, sinon absorber les lumières des enseignes et louvoyer entre les clameurs échappées des bars, dévorer un sandwich aux œufs frits et aux oignons, siffler quelques Tuborg, elle était retournée dans sa chambre avec un début de migraine.

Elle ne réussit pas à s'endormir, ralluma au bout d'une heure et parcourut la brochure que Beate, son employeur, lui avait donnée, une brochure qui décrivait, en anglais, en allemand et en danois, les diverses attractions et ingénieux produits proposés par **Sex69**, la Foire du sexe qui devait ouvrir ses portes au public le lendemain en début d'après-midi et où elle était censée se rendre pour nouer divers liens commerciaux.

La porno-cérémonie allait se déroulait au KB Hallen, là où les Beatles – dont le divorce était imminent – avaient donné un concert assez pathétique cinq ans plus tôt, un 4 juin, succédant pourtant sans complexe à Armstrong et Ellington, Joséphine Baker, Laurel et Hardy, Birg – … – la brochure glissa de sa main gauche, tandis que la droite tentait de favoriser les secrets de l'endormissement. Beate n'aurait pas désapprouvé.

Beate Uhse ! Pionnière du sex-shop en Allemagne, avec sa boutique unique en Europe, et ce depuis 62, Beate l'ex-nazie, l'aviatrice, pionnière de la méthode Ogino qui s'était prise d'intérêt, voire d'affection, pour cette jeune exilée américaine un peu camée et très paumée. Oui, Beate l'avait adoptée, pour de bon sevrée, soignée, puis promis de l'aider à ouvrir sa propre boutique, en France puisque c'était à Paris que Lucy voulait s'installer, où le marché était encore à conquérir, malgré une législation cadenassée, Tu vas en voir de toutes les couleurs, ma fille, les flics seront tes premiers clients, et ils n'achèteront rien sinon ton inquiétude, te voilà prévenue, alors va d'abord à Copenhague, prends des contacts – oui, là, elle s'adonnerait autant qu'elle le voudrait à un lèche-vitrine bien nommé, et fructueux, espérait Beate, tous frais payés, avion, hôtel, repas, minibar, alors bonne chance Lucy, et pense à réclamer des factures, pense TVA.

*

Antoine avait retrouvé des couleurs, et Lucy, rassurée, s'était mis en tête de confectionner des club sandwiches qui, à force de moutarde, de tranches de concombre et de fins débris de volaille, une fois disposés en triangles, et servis avec un petit chablis plus transi que frais, non seulement firent illusion mais, mastication oblige, l'aidèrent à donner à son récit un semblant de suspense, suspense accentué par le négligent mais radical déboutonnage du bouton nacré du haut – en fait le deuxième – ou troisième – en partant du haut – de son chemisier en soie verte, ce qu'Antoine ne voulut pas voir, car il était déjà, à la différence d'Armstrong, requis par autre chose que la gloire.

*

À Copenhague, la brochure gisait toujours par terre. Lucy n'avait pas dormi, ni rêvé, pas vraiment, simplement échoué entre sensations et pensées, dans un no lucy's land vaguement sensuel, sans cesse repêchée par la conscience de sombrer, devinant qu'elle se caressait, qu'elle aurait pu jouir, s'entortillant dans les draps puis offrant à ses orteils une fraîche évasion, pour enfin décréter, vers trois heures du matin, qu'elle avait, mais alors très très faim.

Et bien sûr elle s'endormit aussitôt, avec l'agréable sensation d'avoir été rouée puis épargnée *in extremis*.

Quand elle se réveilla, aux alentours de neuf heures quinze, le tranchant de la main entre les cuisses tel un coupe-papier émoussé, Neil Armstrong, Edwin "Buzz" Aldrin et Michael Collins se voyaient apporter un dernier plateau terrestre et, d'un œil qu'ils n'avaient jamais vraiment fermé, contemplaient l'orange du jus, le brun du steak, le jaune pâle des œufs brouillés et le noir du café, sachant que c'était peut-être là l'ultime palette de leur collation, se demandant aussi si la rumeur selon laquelle Nixon avait déjà rédigé leur louange *post mortem* était fondée, Nixon que ce projet initié par la gueule d'ange et désormais pulvérisée de ce queutard de Kennedy avait passablement agacé.

Elle resta longtemps au lit, et believe me, Antoine, je ne savais plus où j'étais, toute cette histoire de Foire du sexe, les ruelles de Copenhague, le froid, mes projets de m'installer en France, à Paris, tout ça me dépassait, crazy, non ? j'étais venue ici pour, because, well je voulais le changement, l'autre route, not the old one, mais ce matin-là, je savais qu'ils allaient décoller, tous les trois dans leur conserve, on était tous à l'écoute, la radio la télé les journaux, c'était très technical, attends je vais rouvrir une bouteille, et un truc à grignoter, ça te fera du bien darling.

*

À 11 h 28, heure de Copenhague, Lucy trouva une sorte de *Snack Haus* et se retrouva devant un volumineux club sandwich, une orgie de mie grillée, de concombres russes et de saumon nappée d'une crème qu'elle espéra aussi fraîche que l'aube américaine dans laquelle s'habillaient Neil, Edwin et Michael en route vers l'O & C Building, où les attendait le pad de lancement. Elle but son jus d'orange d'un trait, fixant sans le vouloir le néon au plafond, et quand son coude retrouva le formica de la table, elle ne vit plus rien, juste une barre blanchâtre, elle crut qu'elle allait pleurer, why, je n'en ai pas la moindre idea, Antoine, je voulais être autre chose que seule, qu'américaine, I swear ! Pousse-toi un peu, j'ai la jambe qui – et quand sa cuisse, dont se foutait pas mal sa jupe froissée, se permit une pause sur son genou, Antoine ferma les yeux, préférant l'écouter plutôt que la voir, le désir étant ainsi fait qu'à son aune toute impatience est bienvenue – si vite est oubliée l'allumette quand conspire le bûcher.

*

Elle retourna en fin de matinée dans sa chambre d'hôtel, ayant renoncé à s'aventurer dans la ville en minijupe, la température danoise se révélant en totale contradiction avec la nature de la Foire, et enfila, tandis qu'Armstrong pénétrait, faussement confiant, dans le module, une robe en laine noire, mais sans rien dessous, assisté par six techniciens, une fois le plein du lanceur accompli grâce aux cinquante-six wagons de kérosène, d'oxygène et d'hydrogène liquide.

Lucy prit un taxi un peu avant que le bras d'accès de la cabine se rétracte et, quand le feu vert fut donné pour le lancement d'Apollo 11, elle régla la course au chauffeur et, d'une démarche qu'elle espérait onctueuse, s'en alla prendre sa place dans la longue file des visiteurs, déjà en rangs par trois sur plus de deux cents mètres, indifférents à la salve d'applaudissements qui éclatait au même moment dans le centre de presse dont le toit, à la suite du décollage, venait de s'effondrer sans occasionner de blessés, ouf, on lui rendit la monnaie avec un ticket d'entrée.

Quand le module lunaire entra en orbite autour de la Terre, Lucy s'élança, défoncée à l'acide, dans l'allée la plus proche, ayant décidé d'opérer un premier tour de reconnaissance. L'immense toit du stade KB Hallen, en tôle noire, était criblé de milliers d'ampoules qu'il était difficile de contempler longtemps, sous peine de se croire au firmament. Les stands étaient propres, les étagères bien fournies, les hôtesses avenantes, et tous les dix ou quinze mètres des projections en super-8 permettaient au badaud de se rationner en fellations et en cunnilinctus, d'admirer d'intrigantes combinatoires dans un cadre champêtre. Des enregistrements étaient également diffusés, au moyen d'énormes haut-parleurs fixés à des mâts, et les cris se mêlaient aux chuchotements tandis que des jeunes femmes en maillot parcouraient les allées en s'éventant avec les pochettes des 33 t responsables desdits chants. Parvenue à l'extrémité du stade, Lucy bifurqua sur la gauche et ralentit le pas à l'approche d'un stand qui proposait préservatifs, vibromasseurs, bagues électriques, lingerie et autres articles à prix réduit, même si ici rien n'était à vendre, le ministre du Commerce ayant refusé d'accorder la dispense qui aurait changé ce festival promotionnel en foire mercantile. Là, on lui vanta le mariage de fermeté et de souplesse qu'incarnait le Vibro69, son centre doté d'une tige en caoutchouc recouvert d'un épais manchon de latex, et qui, grâce à un jeu de dilatations et de contractions provoquées par un moteur miniature, conférait au coït assisté une dimension sismique, moyennant la somme, change oblige, de quatre-vingt-quinze francs – mais pour soixante-dix francs, elle pouvait en acquérir un autre muni d'une simple poire pneumatique en guise de moteur. Lucy repartit avec quelques bons de commande.

Les heures passaient, ou plutôt infusaient, et si tout n'était pas digne d'ébahissement ou d'intérêt, le paysage composite qui défilait sous ses yeux avait un pouvoir grisant, presque hypnotique. Elle s'attardait parfois devant un écran de projection sur lequel, pédagogiques et grenus, des couples sévères invitaient systématiquement chez eux une jeune fille, tantôt nurse, infirmière, voire policière, lui faisaient visiter leur maison, lui offraient une collation puis entreprenaient de se masturber devant elle avant qu'elle consente à se déshabiller et à rejoindre la partie. Elle vit même des scènes domestiques où une maîtresse femme, le corps caparaçonné d'un cuir douteux, autorisait son dogue à suppléer le mari, lequel éduquait, à droite de l'écran, une soubrette aux mille soupirs, et plus d'une fois Lucy sentit dans l'air comme un parfum d'ozone ou de lait caillé, plus d'une fois elle vit des mains s'absenter dans une poche béante sans que jamais les physionomies renoncent à leur – *floutch !* – bonhomie.

Après une première révolution le long de l'allée la plus éloignée du centre, elle se retrouva près d'une des entrées et, afin d'éviter l'afflux des nouveaux arrivants, se glissa sous un chapiteau consacré aux fantaisies vestimentaires et aux accessoires pratiques, où elle put à loisir palper et soupeser martinets, chats à neuf queues, lanières de cuir – tressées ou plombées –, fouets de cocher – fournis sans cocher – et même ceintures de chasteté.

Ne voulant pas épuiser les charmes de l'endroit, Lucy décida de retrouver l'air libre. Il était 17 h 17. Une demi-douzaine d'heures plus à l'ouest, en Floride, des écrans retransmettaient une opération incroyablement délicate. En effet, après une orbite et demie, les 45 702 kilos de l'ensemble S4B CSM/LM, qui se trouvaient actuellement au-dessus de l'Australie, étaient réorientés sur une nouvelle trajectoire. Dès que le S4B fut largué, la manœuvre de retournement débuta, et bientôt le CSM Columbia et le module Eagle purent, sereinement, filer vers la Lune, soudain si proche que sa nature se mit à changer, prenant volume, texture, reliefs, et plus jamais elle ne serait pour les hommes d'Apollo cette capricieuse galette qui diminuait ou croissait selon les caprices du Soleil. Lucy se savait assez loin de l'hôtel mais préféra rentrer à pied.

*

Je peux les glisser sous tes jambes ?

Déchaussée, Lucy avançait par à-coups ses orteils vers les cuisses d'Antoine, qui était revenu s'asseoir à côté d'elle après avoir mis un nouveau disque. La lune était encore visible dans le cadre vertical de la fenêtre, se reflétant sur le verre des deux vitres écartées, et la pièce palpitait dans l'éclat de sa rousse indifférence. L'amorce du sillon devait être rayée, car le diamant revenait rythmiquement au même point en toussotant. Lucy se pencha, ramassa son paquet de Dunhill et le lança en direction de l'électrophone, donnant à ce dernier une secousse salvatrice qui permit aux Grateful Dead de s'égarer dans leur tranquille *Mountains of the Moon*, un disque qu'Antoine avait eu du mal à dénicher dans la pile de vinyles, malgré la description haute en couleur que lui avait faite Lucy de la pochette, et dont il marmonna longtemps le titre jusqu'à ce qu'il renonce à en extraire le sens – *Aoxomoxoa – Aoxomoxoa Aoxomoxoa…*

Tu te demandes ce que ça veut dire, hein ? Well, c'est le nom d'un dieu mexicain, le dieu du pain et de la lune, on dit qu'un jour une chica offrit à Aoxomoxoa une galette de corn, le maïs qui lui fit tellement d'effet qu'il s'envola, *pffit*, et resta dans le ciel a whole mois jusqu'à ce qu'il l'ait bouffée, laissant just a thin crescent, un tout mince croissant, comment tu dis déjà, tout riquiquoi ?

Elle alluma un joint et Antoine, qui ne la quittait pas des yeux, comprit qu'elle le désirait. Si Lucy était bien la vierge déchue mais recommencée, son bras marqué par la foudre, alors il lui faudrait la suivre encore quelque temps, entre la peau des vinyles et les inflexions de sa voix, la suivre et lui faire confiance, mais sans jamais céder au miracle de la consumation – le mot était : *riquiqui*, sans doute le sobriquet que Dieu donne aux saints quand Il décide de les éprouver.

*

Elle retourna à la Sex Mess le lendemain, une heure à peine avant la fermeture, un peu saoule, toujours déchirée, aussi, ayant acheté et fumé juste ce qu'il fallait pour tolérer l'ennui de ce jeudi vécu à l'écart de toute fête, toute énergie. Au-dessus ou en dessous d'elle, lancé à grand renfort de silence par les Russes, un module invisible baptisé Luna 15 entra en orbite lunaire, bien décidé à battre de vitesse et de gloire les Américains afin de rapatrier sur la place Rouge d'indispensables caillasses lunaires, et ce sans risquer la moindre vie du Parti.

Le samedi, elle se réveilla à 6h21, heureusement seule, mais perplexe devant l'heure affichée par la pendule murale sur le mur faisant face à son lit. C'est davantage une heure à laquelle se coucher, non ? Elle alla pisser, yeux fermés, se cognant partout où il y avait des angles, sans voir dans le miroir de la salle de bains la folle maquillée aux yeux clos. Elle se rendormit afin qu'Apollo 11 puisse, sereinement, pénétrer en orbite lunaire. Elle dormit jusqu'en milieu d'après-midi, et ce fut la faim qui la réveilla, la faim et le besoin de quitter les sables mouvants où son corps s'agitait depuis plusieurs heures, fourbu, brûlant. Elle alla dévorer. Picoler. Danser. Rencontra un type. Evita de trop l'écouter, de trop le regarder. Fit ce qu'il fallait, sans trop le faire vraiment, avec cet entrain que la chair aime à feindre quand l'esprit bat la campagne. Et quand le type en question lui avoua qu'il était policier, mais aussi et surtout amateur de pêche à la ligne, oh pas de ceux qui tabassent ou enquêtent ou négligent de rejeter à l'eau les prises excédant leur appétit, non, juste un fonctionnaire chargé des pots de fleurs qui tombent du premier étage et des chats en rut dans les branches des tilleuls, elle lui demanda de partir, et ce fut une nuit de plus à s'égarer seule entre les draps soyeux du *Lange Stor Dille*.

La sonnerie du téléphone, niaise et tronçonneuse, la réveilla en plein *morgen*, une dizaine de sonneries que sa main finit par neutraliser après avoir renversé deux ou trois choses sur la table de chevet. C'était la voix de Beate, tout en questions, silences, méfiance, inquiétude, et quelques reproches en prime, ensuite de quoi la communication fut, ouf, coupée, *shit!* – alors j'ai pris la douche de ma vie, une douche certainement plus glacée que le plasma stellaire contemplé au même instant par un Armstrong se demandant si le module n'était pas juste une boîte de conserve secouée par un fou ou un chat tellement ça vibrait, secouait, impossible de voir par le hublot autre chose qu'un tremblement, un spasme de nuit empli d'impossibles flammèches, et bien sûr tout finit par lui échapper, gant, savon, accroupie dans le bac elle attendit que le froid devienne autre chose – *tout autre chose* : une vérité, un ordre.

Elle se sécha à l'air de la fenêtre, faisant le bonheur de quelques passants.

Le dimanche, elle constata que les Danois prenaient cette histoire d'alunissage très à la légère et nombreux étaient ceux qui n'y voyaient qu'un canular, une mise en scène, ah ces Américains, quel sens de l'*entertainment*! Elle se promena en ville, fit quelques tours de grande roue aux jardins de Tivoli, grignota une friture près du port, visita quelques porno shops où elle eut tout loisir d'observer des drames intimistes au dénouement ruisselant, rentra à son hôtel, imita la position et la respiration de la dormeuse pendant près d'une heure puis, en fin de soirée, retourna pour une ultime pérégrination au KB Hallen – un petit pas pour Lucy mais un grand bond pour l'avenir du sex bizness.

C'est au détour d'une allée, après avoir écouté un jeune commercial lui vanter avec enthousiasme les mérites du Polaroïd – "chez vous, la loi oblige le professionnel chargé du développement à dénoncer à la police l'auteur de clichés obscènes – avec le polaroïd, no more paranoid!" –, qu'elle apprit, par des cris épars, la nouvelle : Apollo 11 s'était posé sur la Lune, quelque part dans la mer de la Tranquillité. La porte du module allait-elle s'ouvrir? Qui allait fouler le premier ce nouveau territoire? L'excitation prit d'assaut les esprits saturés, mais très vite le soleil du sexe se remit à briller sur l'arène danoise, et l'on ne parla plus que du nouveau vagin artificiel et musical, du masque en latex reproduisant assez moyennement le visage de Marilyn, d'un mystérieux condom alvéolé, d'un happening censé clôturer la foire.

Je me suis dit, Tu peux quand même pas rater ça, ma fille, ce n'est pas juste some crazy bullshit inventé par les impérialistes! Elle n'attendit pas la fermeture et quitta le KB Hallen vers 23 heures, pour se réfugier dans le premier pub doté d'un poste de télévision. Là, elle apprit qu'Armstrong venait de demander la permission de sortir plus tôt, tel un enfant plaidant sa cause vagabonde. Mais la retransmission fut coupée, remplacée sans transition par un match de handball qui provoqua un regain d'intérêt parmi la clientèle. Elle siffla sa Tuborg, régla sa note puis se mit en quête d'un des nombreux clubs de nuit dont elle avait noté l'adresse un peu plus tôt, lors d'une discussion sans queue ni tête, et donc reposante, avec un vieux représentant berlinois en sexotoniques médicamenteux (et aussi non médicamenteux) qui lui avait même offert, I wonder why, un anneau congesteur.

*

Antoine s'absenta quelques instants pour aller aux toilettes et quand il revint dans le salon ce fut pour constater que Lucy arborait un drôle de sourire, ainsi qu'une position différente. Il était presque trois heures du matin, mais la fatigue s'était réfugiée dans une zone de leur cerveau qu'ils n'avaient pas prévu de solliciter pour le moment, la raison n'ayant pas toujours son mot à dire.

*

Il était presque trois heures du matin, donc, et, alors que ses talons cliquetaient de plus en plus irrégulièrement à chaque pas dans Copenhague, elle aperçut l'enseigne en forme de lèvres du pub *Lille Smuk Dame*, pas tout à fait là où l'affirmait l'adresse notée, mais là quand même, avec ses trois marches qui descendaient vers un rideau rouge, puis une porte qu'il suffisait de pousser pour pénétrer dans un caveau où régnaient en maîtres, à moins que ce ne fût en esclaves, le velours cramoisi et le cuir usé. Au-dessus du bar, encadré par des bouteilles joufflues, un poste de télévision faisait de son mieux pour que l'Histoire s'insinue entre deux scènes de fesses.

Lucy prit place sur un tabouret et se laissa offrir toutes sortes de consommations par un petit brun qu'elle n'eut même pas la curiosité de dévisager. La voix américaine qui sortait du poste annonça dans une pluie de postillons statiques qu'Armstrong n'allait pas tarder à ouvrir la porte du module lunaire, ce qui laissa juste assez de temps à Lucy pour repousser la main sur sa cuisse et, d'un sourire un peu mou, faire comprendre au propriétaire de ladite main qu'attendre était peut-être préférable, mais au même instant la porte s'ouvrit et, en haut des marches, apparut un jeune homme blond avec lequel elle avait échangé quelques banalités la veille au soir, dans un autre bar. Il la reconnut, descendit lentement les marches, à peine conscient que la terre entière retenait son souffle, et il lui fallut quelques minutes interminables pour déployer la caméra TV – deux cents lignes par image – qui allait le filmer, qui le filmait déjà, le noir et le blanc se chamaillant horizontalement pour offrir la résolution nécessaire à la compréhension des masses mouvantes, se glissant alors sur le tabouret juste derrière elle, se penchant comme dans les Annonciations pour lui dire qu'il était content, non, ravi de la revoir, mais elle refusa de quitter l'écran des yeux, en était incapable, comme si l'astronaute avait été l'amant promis et ce presque inconnu une doublure, elle pencha la tête pour favoriser le vertige et murmura quelque chose qui mit l'histoire en action, son souffle s'accéléra, audible de tous, une pulsation à la mesure de tous les possibles, sortie du soufflet de la peur et du désir, un froissement intelligent, et soudain les bouteilles dressées de part et d'autre du téléviseur parurent s'éclairer de l'intérieur, leur galbe de verre comme enchanté, chaque liqueur révélée, sublimée, puis une main que des bagues rendaient presque inhumaine remplit son verre, le bruit de l'alcool pur, régulier, tenace, et l'homme dit à son tour quelque chose, l'astronaute se conforma aux ordres, il posa le pied gauche sur le sol lunaire, ce même pied gauche qu'il avait appris à placer lors des tournois d'athlétisme du temps où il était étudiant sans se douter qu'un jour il disparaîtrait dans un exploit, un premier pas bientôt suivi d'un deuxième – aaahh – comme son souffle était cru, cru et volcanique sur sa nuque – et brutalement le satellite se mit à tourner de plus en plus vite pour mieux brouiller les ombres et précipiter l'instant où l'esprit comprendrait, sans joie ni regret, qu'il était temps de passer à autre chose, de laisser la place à autre chose – tout autre chose, but what, Antoine, si tu pouvais me le dire, you would make my day, je serais trop mais alors trop heureuse, mais toi bien sûr tu n'as pas l'air de savoir ce que tu fabriquais ce jour-là – non, Antoine ne savait pas dans quelle région il était alors, si même il avait senti le ciel accuser le choc – tu ne dis jamais rien, never, tu es ailleurs, tu es vraiment dans la – elle crut qu'il dormait, sa main reposait sur le pied nu de Lucy, qui ne bougeait plus, ne parla plus, attendit. La lune.

Alors, songeant sans doute aux colombes de sa jeunesse, à son sperme qu'il laissait couler autrefois entre les herbes, à la chaleur du four et à la folie du pain, Antoine se redressa et confia à Lucy les clés de son passé, lui racontant tout, lumière soleil désert, conscient de parler en somnambule, en éloigné de lui-même, une main sur le pied nu de cette femme qu'il aurait aimé protéger contre la foudre, toutes les foudres – langage souvent dérange.

V

L'INJUSTE RETOUR DES CHOSES

(Ailleurs, 1952-1969)

1

LUEURS

Lucy l'écoutait, comme si elle écoutait battre un cœur réinventé par le sang. 1952 ? Va pour 1952. Antoine y retourne, part de là, et Lucy le suit pas à pas, elle sent que ce qui va être dit n'est pas une confession, encore moins un souvenir, mais tout autre chose.

1952 ! Oui, de cela il est sûr. Cela fait plusieurs mois qu'il est ce gisant sur lequel font pression draps et courroies, avec pour seules distractions les craquelures du plafond et les ruminations des autres aliénés. Interdit de réflexes, de mouvements, patient. Muet au sein des vociférants. Pareil au pain qui veille dans la foule des flammes. Long silence dédoublé. Antoine. Pas Antoine. Antoine. Pas Antoine. Plus crispé que le nœud arrêté dans le bois. Mais dans sa tête, dans cette boîte où ni eau ni soupe ni merde n'ont droit de cité : l'orage, tous les orages. Lente sécession démente. La mécanique détraquée du monde n'est rien en comparaison du chaos qu'il s'octroie. On le lave, mal ; le nourrit, peu ; lui parle, à peine. L'aiguille dans son bras ne fait pas rire son sang, son bras qui, une fois soulevé, retombe toujours au même endroit, sans bruit ou presque, le long de ce corps où rien n'insiste, comme si les gestes des autres étaient eux aussi sans conséquences, comme si les autres, eux aussi, étaient privés d'incidence. Antoine. Pas Antoine. Et entre les deux : rien, tout. En même temps. Vif et mort, dans une intermittence si subtile que nul ne veut ni ne peut la saisir, hors lui, chose cachée dans la chose.

Il les entend la nuit. Ce qu'ils sont, disent, pensent, dans ces affres sans contours qu'ils brossent et grattent de leurs derniers gestes. Les cris qu'ils poussent puis laissent pousser, fleurs, épines et tiges, en ronces immenses autour de la bouche. Chaque instant de leur souffle, pourtant si âcre. À son insu, des aveux s'immiscent en lui, y font leur nid, sans que rien n'éclose – cela viendra. Les autres : araignées, araignées bavardes, éprises de toiles plus vastes que l'ennui. Il est le dernier recevant. Le greffier allongé, l'ange mort, la radio, le filtre. Le seul dépositaire. Ce qu'ils sont il le sera, ce qu'ils disent il le dira, ce qu'ils pensent il le vivra. Plus tard. Antoine pas Antoine. Un temps éponge que le langage souvent dérange. Ses excréments ne sentent plus rien. Le noir du jour, le blanc des nuits, tout cela nié et approuvé n'importe comment. Vivre est facile, vivre comme un bouton décousu.

1952. Ou est-ce 1953? 1954 ? Antoine hésite, et Lucy se rapproche. Le calendrier est le pays des saints, qui sont ses frères en discrétion, qui ne changent pas, monstres fériés dont le prénom se livre au fil d'un quotidien informe. Antoine pas Antoine. Et jamais de visites, jamais une main sur son front, un front qu'il sait double, boîte à deux fonds, ici pas ici. Le bruit des volets qui claquent inculque à ses os la leçon du sursaut, mais ça ne se voit pas, ne se sent pas, ne se sait pas. Tendu en surface, il s'emplit de vase, et dans cette vase revit une vie ancienne, au plus près des organes, lui-même organe en quête de fonction, forcené subtil dont la chambre de chair résiste aux fouets du sens.

Ses plongées dans le fleuve, ses courses à flanc de maïs, le printemps qu'il pressait dans ses mains, toutes ces heures confiées à la Vierge, le goût de lessive qu'avait l'hostie, le retour des couleurs, une page sur deux, dans les récits dépliés à même ses genoux, jusqu'au ciel saturé de grillons, tout ça a disparu, remplacé par l'épopée que dévident, à tout instant, ses comparses en délire, qu'ils soient abrutis de Valium ou camisolés, de passage ou internés à vie, simples dépressifs ou psychotiques avérés, aveugles artisans d'aveux destinés au totem qu'est devenu Antoine. Pas Antoine.

1954? 1955 ? Enfin délivré du devoir de rentrer, d'aller retrouver l'enfer boulanger de Roch, après tant de jours et de nuits malmenés, des confettis d'instants jetés aux quatre vents. On le laisse partir, ou bien il s'enfuit, il ne saura jamais, et Lucy n'ose demander. Des portes s'ouvrent que sa main n'a pas souvenir de pousser, après combien de temps? un mois, deux, six mois? et où, oui, où? en quelle province d'on ne sait quelle lune? Antoine marque une pause, comme s'il entendait quelque chose. Il entend. L'écho des sirènes, une fois par mois, le mercredi, réveille en lui le souvenir de l'ambulance qui l'emporta, et qui était blancheur, vitesse, panique, qui éclairait la route et ses lacets et autour d'elle tout un paysage ivre de broussailles, où s'orienter plus tard, en rêve, à sa guise, dans la nuit tiède et ignorante des boussoles. On le laisse partir, ou il s'enfuit, ce n'est pas clair, et peu importe puisqu'il est de nouveau debout, entier, raccommodé au monde.

Une fois hors l'asile, juillet l'alpague et le jette sur des routes qu'un marquage nouveau a rendues bifides. Il retrouve la marche, roule des épaules, siffle les merles. Lève le pouce. Son air radieux influe à distance sur les réflexes des routiers qui débraient puis freinent et s'arrêtent. Les hayons des fourgonnettes sont des haies qu'il franchit d'un bond, quand les roues fument encore, et c'est adossé à des cageots empilés ou des sacs bossus qu'il voit décroître tout ce qui lui était familier, arbres, courbes, clochers, déjà le vent change de goût, les accents s'étirent, le vin se fait plus raide et les regards moins inquisiteurs.

Son jeune âge, qu'il croise dans les vitrines, l'effraie parfois. Il aspire aux coups de l'âge adulte afin d'entrer, bousculé, dans l'expérience. Il réapprend à grandir au contact d'un port, cherche l'éblouissement dans le nom des cargos, commet quantité d'infractions afin de débusquer les règles nouvelles. Fait du haussement de sourcils un sésame imparable dès qu'on l'interroge sur son temps d'avant. Comme lui, le fleuve s'est rendu à la mer, face à l'avenir. La nuit, il va sur les quais. Les coques frottent les coques, l'eau fait tambouille, les réverbères aident les ombres à se croiser, et chacun profite de ces intermittences pour trafiquer et se défiler. Les enfants ont des regards d'hommes et les hommes des peurs d'enfants. La crasse dessine des pays sur les cuisses des femmes, où voyager à l'instinct des doigts, entre deux transactions. Tous les poissons de toutes les mers viennent mourir ici, en galaxies ruisselantes que le filet dissémine à même la pierre. On l'interpelle dans des langues dont il ne comprend pas l'ironie. Des filles se plaisent à l'insulter avec une douceur insupportable, faisant de lui un chiot qu'il refuse de noyer dans leurs draps douteux, mais s'il doit les suivre, il les suit, et sur son épaule elles pleurent bien vite leur enfant retiré et leur dentelle foutue. Il se mêle aux pêcheurs, aux assis, prend plaisir à écouter les vieux qui l'acceptent d'un frémissement de mégot dans le brouillard des rides. Tôt le matin, abusé par la légèreté des sons, il interroge les silhouettes dont parlent les linges qui claquent sur les fils.

Les récits des autres ont la vivacité des guêpes, piqûre après piqûre ils laissent en lui un venin qui fait de ses espérances une fièvre à mille facettes. L'un a tué un ami en croyant abattre un lièvre avant de fuir avec une femme que les sables, plus sûrement que l'usure de l'amour, ont rongée et pardonnée. Un autre, qui faisait commerce d'amphores arrachées au varech d'un cellier sous-marin, s'est crevé un œil au baiser d'un oursin, regarde! et de soulever le cache noir en lui pinçant la joue. Un autre, encore, ne dort plus après qu'une énorme Gitane aux jupes cascadantes de perles lui a prédit fortune et folie sitôt son plus jeune fils dépucelé. La question de la véracité, aussi tordue que le point d'interrogation qui la clôt, est un hameçon dont personne ne veut sentir la morsure au moment de parler. Au prisme des confessions que vomissent à toute heure le port et ses dépendances, Antoine s'invente des reflets qui l'empêchent de trop s'appesantir sur son ombre inégale.

Une fille s'amourache de lui, une fille qui va souvent pieds nus et crache par terre, avec au fond des yeux une beauté dont elle ne sait que faire. Du nid de ses cheveux sales, il le sent, jamais sa main ne saurait s'extraire si d'aventure elle s'y glissait, elle y resterait à jamais prisonnière, tel un peigne vivant, et les poux la rongeraient, lentement, année après année, esclave il deviendrait. La fille a les dents un peu jaunes, qui font de son rare sourire un clavier impropre à l'émotion, mais ses poignets ont des torsions qui parlent au cœur. Elle le cherche et le trouve sans cesse, le touche comme on frappe, lui dit des choses dont il ne se sert que lorsqu'il est seul. Un jour, les gendarmes viennent la chercher, elle se débat, fait voler leurs képis, et quand les portes de la fourgonnette se referment sur son front ensanglanté, Antoine voit qu'elle le regarde, et dans ce regard voit exploser l'absence de tout reproche, ce qu'un amour sans contours serait. Quand elle réapparaît, trois mois plus tard, elle a grandi, plus titubante que jamais, et semble ne pas le reconnaître, ou ne pas oser le faire, ses épaules pareilles à deux boules arc-en-ciel qu'un débardeur jaunâtre rend hideuses. Il essaie de lui parler, mais elle ne veut plus saigner, plus saigner, plus saigner, et c'est là tout ce qu'elle dit. Il tombe à ses pieds, qu'elle lui refuse, le laissant aussi vautré qu'un chien, sa morve déjà sèche dans la poussière dérangée, devant lui les mollets de la fille s'amenuisent et s'unissent dans la ruelle, la ruelle qui n'est plus qu'un fil tendu vers le ciel où se chevauchent les toits. Un poivrot au pantalon raidi de merde le relève, tombe à sa place, crache quelques mots. Antoine pas Antoine lui fait les poches et y trouve, miraculée, une dent en or, enveloppée dans un papier gras qui sent le poisson.

Il erre dans la rade. Découvre l'arsenal. Toulon. Pas Toulon. Les soudeurs l'aspergent de pépites, les marteaux déforment ses pensées. Dans les bassins dorment d'énormes cigares d'acier sur lesquels crépitent mécaniciens, chaudronniers, tôliers, électriciens et menuisiers. C'est le Chantier H, où sévit l'interminable opération des carénages. Démontage, piquage de la rouille, peinture de la coque, remontage et essai à quai puis à la mer, le labeur des mois avalé par l'insomnie et les heures supplémentaires. Sans l'avoir vraiment voulu, Antoine côtoie bientôt une race d'hommes qui l'émerveille : les sous-mariniers, ces soldats amphibies qu'une pression égale démocratise entre des tôles dont la résistance n'existe vraiment qu'une fois éprouvée dans la terreur des grands fonds, au milieu des mines échouées et des poulpes stupides. Étanches aux lois du monde comme aux diktats des heures terrestres, reprenant en canon les ordres de plongée ou d'émersion, tournant autant de valves qu'il existe de soleils dans les norias lointaines, risquant leur vie sur le kiosque face aux déferlantes pour une simple bouffée de tabac brun, ils semblent mener une guerre contre un ennemi qui bien souvent n'a d'autre faciès que celui, grêlé et sourd, de l'ennui, un œil unique rivé sur l'horizon taché. Ces éternels portés disparus composent aux yeux d'Antoine une tribu d'exception, dont il aspire à faire partie. Il recueille leurs récits, s'y incruste, aspire à transpirer leur sueur, pisser leur peur. L'esprit ne peut qu'être là. Sous la surface. En cette nef oblongue où l'huile sainte crachote dans la châsse des turbines, quand chacun prie et tremble au plus fort des manœuvres, le sang soumis à des pressions plus virulentes que celles de l'amour commun.

Le pain est son passeport. Car à bord des sous-marins, on cuit le pain, pour gagner de la place et quelques minutes sur l'inévitable humidité. Oui, sous le plomb des eaux, la farine résiste et lutte contre l'eau, inculquant aux flammes la sagesse du quotidien. Il fait valoir son talent. On l'écoute. Mascotte, très vite. Mitron submergé. Le voilà engagé. Le grade ? On lui invente un galon, le coiffe, et quand, rapatrié de Cherbourg, le sous-marin *Sibylle*, de construction britannique mais prêté à la France en qualité de submersible pour l'entraînement des bâtiments de surface à vocation de lutte anti-sous-marine, rallie enfin Toulon après quelques avaries, Antoine est la seule fourmi dans cette ruche virile. Quand tous les autres vont et vrombissent, maudissant la terminologie anglaise qui rend le moindre boulon impraticable, lui peine et salive devant son fournil moins gros qu'une caisse à bananes, d'où il sort pourtant, entre deux vertiges, des miches si croustillantes que l'équipage y tartine sans rechigner la pâtée brune que le cuistot s'excuse presque d'avoir concoctée. Mais la guerre est finie, et seuls les exercices rythment les apnées du monstre rafistolé. Les missions sont de courte durée, on en revient au bout de quelques jours, guère plus. Simulés, les torpillages font moins de dégâts dans la coque que la moisissure dans le seigle.

Il aime la façon qu'ont les heures, ici, de se faire ombres, permettant au jour et à la nuit de ne plus exister que dans l'imagination du corps fourbu. Les sous-mariniers qu'il observe depuis son recoin se révèlent experts en jeux et récits grivois, certains grattent des poésies, d'autres soufflent dans des tuyaux percés pour réveiller Pan ou le voisin. Jeunes pour la plupart, ils apprécient la dissolution des grades que favorise l'absence d'uniforme. Antoine leur lit parfois des passages de la Bible, qu'il déforme au gré des caprices de l'éclairage, des moments d'équilibre et de grâce improbable pendant lesquels personne ne rit, même si quelques-uns, aspirés par l'affaissement, conçoivent Dieu sous les traits énormes d'un fastidieux cachalot veillant au bon déroulement des lames. Une avarie est ici cause de transe. La moindre fuite fait de chacun un plombier nerveux, prêt à piétiner dans l'élément clapoteux de sa mort prochaine. Mais quand la bête émerge, quand les évents de réglage vomissent leur trop-plein d'eau et que le schnorchel vibre d'aise, alors le monde redevient identique à lui-même, un orbe assommé tout juste bon à être fendu, et quand il pleut on remarque à peine ses limites, le clope pétille sous la paume, les yeux se plissent et rient, le kiosque se noie dans les rires et les embruns.

Lui qui s'est interdit la simplicité du sexe refuse d'entendre les bruits spongieux derrière les rideaux des bannettes ainsi que les gestes déplacés puis déposés sur sa peau tel un gant épris de duel. Un jour, il découvre à la faveur d'une confidence, qu'il devine ou croit confession, l'existence d'une poupée spéciale, qui circule de pogne en pogne aux heures les plus intimes. Héritière des fameuses "dames de voyage" que bricolaient les marins au long cours, cette sirène souillée a ressuscité, sous l'impulsion des sous-mariniers allemands et japonais, et, bien que parfois réduite à l'unique tronçon que l'homme sevré croit convoiter, elle sait remplacer à propos la primitive chaussette et le sourd polochon. Son visage, si sommaire qu'on pourrait le croire dessiné par un enfant, n'est pas fait pour être regardé, et son corps ne peut offrir que sa défaite, quand les secousses l'obligent à perdre une partie de sa bourre, de plus en plus synthétique. La Little Betty qu'usent et froissent ses frères, bien que polluée au point d'en puer, il la serre contre lui, cajole sa toile et, entre ses seins si fâcheusement coniques que le ruban adhésif peine à contenir, pose sa joue qu'il sait râpeuse, puis parle sans parler, rêve sans rêver, enfin entier dans cet hymne monstrueux à la division qu'est la vie sous-marine, où air et eau, jour et nuit, haut et bas, silence et bruit, calme et panique se défient sans cesse.

1957 ? Lucy s'efforce de suivre l'avancée des fêlures, qu'Antoine ose enfin nommer et caresser. L'image du calendrier a changé, dit-il, c'est certain, hier c'étaient des fleurs dans un champ, ou des bouquets sur une table, parmi des faisans assoupis, et voilà qu'un désert de sable leur a succédé, une ligne ondulée sur laquelle veille insolemment l'ampoule bien trop crue du soleil domestique. Son existence sous-marine a pris fin, mais comment, mais pourquoi, son pain sentait-il le mazout comme toutes choses dans ce sourd corridor où les molécules ignorent le repos ? Peut-être un accident, la collision et son concert de cris ? Mais de l'hôpital où il séjourne, il ne revoit que les plafonds et les sols, des kilomètres carrelés sur lesquels le sang fait de brèves apparitions, aussitôt bu par la moustache de la serpillière.

À sa sortie, il connaît, ou plutôt reconnaît, la faim. Et aussi : la peur de ne pas retrouver, au réveil, ses mains, son visage, ses mains sur son visage pour se protéger des rats et des cloques de lumière. Le plus souvent, il somnole près des poubelles, dans un lit de papier journal, à proximité des cuisines odorantes, réveillé par son estomac dès qu'un couvercle de fer bâille et que clapotent reliefs et déchets. Il essaie de rester propre, fréquente les bains publics, où des soldats, serviette autour des reins ou sur l'épaule, prête à claquer et talocher, le regardent sans rien dire tandis que l'eau fait briller leurs tatouages.

Un soir, dans une rue qu'il n'a pas assez amadouée, des hommes le bousculent. Il a marché sur un de leurs pieds, ou taché une de leurs manches, l'enseigne sous laquelle il passe est si pauvre qu'on ne distingue ni son motif ni ce que ce motif est supposé promettre. Les voix éclatent, les épaules roulent, et Antoine aperçoit la lune, rousse et distendue entre deux becs de toits. Ils sont ivres, mais leurs coups l'atteignent, précis, rythmés, ils ne le lâchent pas, ils veulent quelque chose, son cœur, ils veulent lui arracher le cœur. Son cœur ?

Ou autre chose ? Tout autre chose ? Il tâte ses poches, ne trouve rien, ne comprend plus. L'un des hommes le gifle d'une main qui ne peut qu'être de métal. Un autre cherche à lui arracher les côtes. Du sang dans les yeux, il rampe. Les coups qu'il reçoit sont anormalement brûlants. Il a l'impression qu'une foule s'est amassée et les suit, sans prendre parti, sans prendre pitié. Une femme tend la main vers lui, et dans sa grimace il croit reconnaître la jeune Gitane. Puis la terre se soulève sous son corps et un cratère l'engloutit dans son presque néant.

Pendant des jours il ne voit rien et reste seul avec l'odeur de sa merde répandue et les gravats de mots qu'il essaie de cracher entre ses dents déchaussées. Seules les mouettes osent l'approcher, qu'il voudrait colombes. Le voilà de nouveau à l'hôpital, en tout cas alité, et peut-être est-il mort, broyé, simple pulpe giclé d'entre les limbes. Ce qu'il mange coule de ses lèvres. Des piqûres lui rappellent qu'il a des bras, des veines, et assez de nerfs pour repousser les morts qui s'approchent trop. Dans de nouveaux habits, secs et rêches, il retrouve le sens de l'équilibre, la force d'avancer. La porte s'ouvre, n'importe quelle porte, sur un vent si tiède qu'il fait sourire. Ses premiers pas dans la rue sont ceux d'un animal que bouscule gentiment le museau des obstacles. Du bout de ses lèvres bleues, il parle aux vitrines, fraîches et riches en couleurs. Des enfants tirent sur ses lacets. Une soupe lui est offerte, tiède, safranée. Des gendarmes l'interpellent. Il leur répond dans une langue qu'il sait fautive. On le laisse. Il se revoit tresser des paniers, les garnir de tissus, recommencer. Il lit des illustrés qui parlent de planètes, de cataractes et de bisons. Un soir, un inconnu lui parle. Son histoire est compliquée, elle ressemble à une chanson aux paroles déformées par l'alcool, mais l'air est entêtant, il étourdit Antoine, qui écoute, entre deux feux, ces récits africains d'où ne plus revenir. L'homme lui conseille de s'engager. *S'engager*. Le verbe l'anime. Ses paupières finissent par s'ouvrir, ses yeux par voir la pluie, et au travers des gouttes une avenue, l'enseigne d'un bureau surmonté d'une bande tricolore où, une fois entré, on lui demande d'attendre, longtemps, sur un banc. Un soldat s'assoit tout contre lui, le secoue du coude, lui murmure des noms de fille. Du bureau, on l'interpelle. Reviens demain, le bleu. Tu pues. Lave-toi. Et dis pas merci, surtout.

Le lendemain – ou trois jours ? trois mois plus tard ? –, il retrouve sans trop savoir comment le banc où il lui faut attendre à nouveau que son nom griffonné soit déchiffré et gueulé. Mais cette fois-ci, une des femmes qui lui confiaient les brins dont il fallait faire des paniers l'a habillé et rasé. Son front est sec et ses yeux purs. Il se répète à voix basse ses convictions. Puis son tour arrive. Antoine Rossignol ! Il se lève et sent ses genoux hurler. Prends un air buté, lui a-t-on dit, tes cicatrices passeront mieux. Soit. Il répond à des questions qui s'adressent à un moi si ancien qu'il doit mimer la ressemblance à lui-même comme s'il était l'autre de son autre, prisonnier derrière le miroir du passé. Sa physionomie, si étanche qu'elle interdit l'approche, l'aide à ne pas trop gaffer. Il signe un papier d'une main d'idiot, on lui coupe les cheveux, lui répare une dent ou deux, le vaccine, puis on le pousse dehors en lui fourrant dans la main un carré jaune sur lequel des mots tapés à la machine, très peu de mots, tous en majuscules, disent où et quand se présenter. Deux jours plus tard un camion de l'armée française le prend avec une dizaine d'autres, direction Marseille. Là, il doit encore attendre, dormir dans la rue, éviter les canifs du Panier. Une semaine s'écoule puis un soldat, celui qu'il a sans doute croisé sur le banc de l'attente, le reconnaît près de la Charité et lui dit de se rendre au plus vite au DIM, le "dépôt des isolés militaires", et surtout dis pas merci.

Deux jours plus tard, il est à bord du *Commandant Quéré*, un paquebot à destination d'Oran. Plus de vingt heures accroupi sur le pont, après avoir pourtant acheté une place en cabine, hélas déjà occupée. Comme d'autres il cherche à se plaindre, mais se fait moquer par les "pierrots" – les anciens qui sont passés par là.

Oran. Un train qui semble avoir été conçu pour traverser le paysage sans que ce dernier s'en offusque, et qu'un plaisantin s'est plu à baptiser Rafale, l'emmène péniblement jusqu'à la ville de Saïda après un long arrêt à Perrégaux, capitale du laisser-aller et de la pisse facile où la bière chaude extirpe des gueulantes aux bidasses pendant que l'ennui s'invente des figures presque géométriques dans l'ombre tôlée des tinettes. Tous les visages semblent familiers, usés, et pourtant si jeunes, unis par le plus sobre dénominateur commun, ce désœuvrement viril qui fait office de mal d'amour et aide à remplir le sac de l'uniforme. Les voix prennent plaisir à commenter les bruits du corps, on s'interpelle, se montre des photos, et la chaleur fait s'évanouir ceux qui n'ont en guise de mère que la sainte frousse. Antoine les écoute, les regarde, les copie. Il emprunte à l'un son mouvement de hanche quand il fend ses frères, à l'autre ses tics dès qu'une culasse ose claquer. Aux questions qu'on lui pose, il évite de répondre. C'est une initiation, mais sans grand usage, et sans guère de joie – avec pour seule quête le bout ravaudé de soi-même.

Tout ici leur est mystère, épaisseur, transparence. Ils découvrent le soleil et le sable, pareils à des enfants glacés, et se demandent si la France est encore là, entre les oueds dans les souks sous les tentes, car très peu savent qu'elle ne végète que dans les livres d'école, en taches fauves et fracturées de lignes bleues. La bête militaire avance en titubant, déshabillant gamines et paysages, un pied au cul des chèvres, un autre sur la nuque de qui ne comprend pas. Et dans la loi poisseuse de ces hobereaux en nage, Antoine a peur d'entendre craquer les fins osselets de la Vierge. Le calendrier est une meule et les jours des grains. En lui une substance continue de ronger ce qu'il espère n'être pas qu'os.

Antoine comprend qu'il doit apprendre à contrôler les pensées ramifiées, les pensées fougères, qui sous prétexte de floraison vous éparpillent, déplaçant tant et si bien vos axes que même le basculement le plus calculé peut vous rendre étranger à vous-même. Il existe, il le sent, une façon de déborder de soi tout en préservant la fixité de certains reliefs, une façon d'épouser la grande dissipation de l'être sans se laisser éblouir par les mille tumeurs du possible. Non pas un point d'équilibre, mais un pivot mobile, indétectable par les autres.

Une Dodge 6X6 achève de lui essorer les reins en s'élançant sur la piste de tôle ondulée T2, qui relie Béchar, Adrar, et enfin Reggane. Un bistrot, en tôle lui aussi, affiche, outre des boissons aux noms simplifiés, l'avertissement suivant, doublé de sa traduction arabe, et orné d'une tête de mort déjà criblée par les balles de l'ennui : "DANGER ATOMIQUE." Il est arrivé.

Des événements lui sont expliqués, ou expliqués à d'autres, qu'il collecte sans trop y penser. En février 57, le ministre des Armées a créé un cabinet d'armement chargé de mener à bien le programme atomique de la Défense nationale. Un groupe d'études des expérimentations spéciales a vu le jour. Il a fallu trouver un espace susceptible d'accueillir l'incroyable floraison. En mai de la même année, le résident général à Alger a classé terrain militaire une zone de cent huit mille kilomètres carrés, au sud-ouest de la base où Antoine prend ses quartiers. Très vite, les travaux ont commencé dans le désert du Tanezrouft, alors qu'au même moment l'armée américaine faisait exploser un engin thermonucléaire sur l'atoll de Bikini. La bombe française se voit octroyer deux généreuses années de maturation.

Et aujourd'hui les voilà, par milliers rassemblés sur un territoire équivalent au quart de la France, formé de trois orbes, la zone bleue, la zone verte et, au centre, la zone 42. Les cercles de couleur demeurent du désert à l'état pur, dont le seul but est de détourner les vols des compagnies aériennes civiles le jour où "l'essai" aura lieu, au point zéro. Avant la prise de possession de cette étrange planète, Reggane n'était qu'un ancien poste sur la route du Niger, ayant vaguement rang de commune, une mâchoire oubliée aux dents cariées par le vent et le schiste sur laquelle veillait, sombre oiseau nettoyeur, un vieux ksar à moitié sourd qui n'attendait rien de tout ce gris sale, et fredonnait la nuit au milieu des ergs et des hamadas, sans qu'aucune goutte ne tombe du ciel pendant parfois dix-huit mois.

Antoine repère ici et là quelques touffes d'amerane et de drinn, que les roues des véhicules militaires aplatissent presque aussitôt, avant d'aller percuter dans un bruit sec un ganga égaré, dont l'œil de perdrix pétille alors quelques instants à flanc de mica, talisman perdu. À l'écart du campement, dans une palmeraie que les troufions visitent parfois en se racontant Marseille ou

Brest, errent quelques fantômes, des Berbères du Bas-Touat flanqués de moutons aux côtes fines comme des baleines de corset. La chaleur tremble autour de leurs silhouettes, les scorpions verts s'agitent dans leur sillage. On leur offre parfois un vélo en échange de quelques heures de travail.

Au fil des mois, la population enfle, et au bout de deux ans ils sont bientôt plus de six mille à s'activer sur le plateau d'Azrafil à l'ombre mobile des engins de terrassement, levant parfois les yeux pour ne rien voir ou alors le soleil déchiqueté par les pales d'un Alouette II. Ils goudronnent les routes, retapent la piste du Tanezrouft qui reliait Adrar à Reggane avant de cahoter jusqu'à Gao. Ils désensablent les foggaras, forent des puits, entretiennent des potagers. Un hôpital est édifié, en prévision d'indésirables victimes, suivi bientôt par une piscine olympique dont le bassin jamais vraiment rempli sert de planète aux lézards.

Aux cuisines, installées non loin des baraques Filhod dans la nouvelle ville de Reggane-Plateau, Antoine, adossé à des sacs de farine de quatre-vingts kilos, écoute Radio Alger en attendant qu'on lui apporte ses bidons quotidiens de "regganette" – l'eau des forages, une eau si riche en magnésium que le pain qu'il cuit appelle le vin d'intendance à chaque bouchée ou presque. Les freins des camions Berliet ne vont pas tarder à piauler sur le goudron brûlant et il faudra décharger patates et jerricans, en prenant soin de mettre de côté les caisses de vin de Mascara, réservé aux gradés.

À trois heures du matin, quand le ciel se truffe d'avions Breguet remplis de colonels et de centraliens partis du Bourget, Antoine s'attaque aux premières fournées, avec l'aide de quelques bidasses aux yeux rougis par le sable. Quand la pétrie ne l'occupe pas, il s'en va dans les villages alentour distribuer aux indigènes des "scoubidous", de petits dosimètres suspendus au bout d'une cordelette ; parfois, on lui demande de se rendre à Hamoudia, pour donner un coup de main aux ingénieurs, servir de chauffeur, disposer des câbles le long du blockhaus Alpha Ier. Et puis un matin de février 60, peu avant sept heures, on lui enjoint de relire les instructions figurant dans la brochure réglementaire distribuée la veille : "Se tenir assis au sol, le dos tourné à l'explosion, se protéger de l'éclair thermique en mettant les deux mains dans les poches et un bras devant les yeux pour ne pas être aveuglé par la lueur." L'acrobatie semble impossible. Et, tandis qu'il s'essaie à de vaines contorsions, l'opération baptisée Gerboise bleue connaît son accomplissement, une boule blanchâtre jute au-dessus d'un cippe mauve, quelques carreaux explosent, un lustre d'éclairage se détache et l'heure H s'en va diffuser ses longs fuseaux noirs dans l'immensité calcinée.

D'autres explosions suivent, d'autres démonstrations d'effervescence, qui réclament le désert et plus si affinités, suivies de douches sommaires, de grésillements du dosimètre, avec pour conséquence d'interminables délocalisations, vers d'autres sites, d'autres baraques. Radio Alger ne berce plus mais siffle, crache. Il se passe des choses qui échappent à Antoine. Des Touaregs qui hier l'aidaient à porter les trop lourds sacs de farine l'évitent ou le menacent d'un glissé du pouce en travers de la gorge. Des bidons d'essence disparaissent. De retour d'une mission, un gradé tremble, des débris blanchâtres dans les cheveux, des miettes de cervelle qu'il n'ose déloger. Des coups de feu remplacent bientôt les étoiles. On monte la garde, on fouille les habitants, certains journaux ne sont plus distribués. Puis il faut de nouveau partir, la précipitation est érigée en politique, elle s'empare des corps et des biens tel un désir à contre-courant, s'enivrant de sa charge contrariée. La France "plus fière et plus forte" du Général procède en catastrophe à une fission géographique dénuée de toute grâce pyrotechnique.

Juillet 62 ? Soit, juillet 62, puisque ainsi tournoie dans la poussière des baraquements délaissés l'obstiné calendrier des hommes. Antoine passe quelque temps à la base d'In Ekker, non loin de Tamanrasset, puis sans raison précise se voit confié aux soins d'un régiment qui opère à Hammaguir et s'occupe, entend-il dire, de fusées. Après quelques mois, il est envoyé à Colomb-Béchar, un peu plus au nord, à quelques salves du Maroc. Le désert n'a d'autre tentation à lui offrir que la dissolution de ses nuits. Souvent, le soir, au sortir de la sieste, il s'aventure hors du périmètre militaire, pieds nus parmi les petits cratères mobiles qui sont la signature des scorpions. Il escalade les dunes, afin d'apprendre à trébucher autrement qu'en pensée, à l'abri des heurts et des rires.

De l'indépendance de l'Algérie, il ne sait pas grand-chose, sinon qu'à l'heure du grand déménagement lui et quelques centaines d'autres se sont vu accorder le droit de rester. Les conditions ? Les tractations ? Ça n'entre pas dans sa cuisine : Évian n'est pour lui que le nom de l'eau qu'il boit. Comment saurait-il que l'Élysée a obtenu secrètement du nouveau gouvernement algérien le maintien de la présence française pendant encore cinq ans sur les quatre sites où Antoine est régulièrement envoyé ? Quand il est affecté au polygone ultra-secret de Beni-Wenif, dit B2-Namous, au nord-ouest de Colomb-Béchar, il n'a aucune idée de ce qu'y concoctent les militaires. Ce plateau calcaire, bordé à l'est et au nord par les falaises d'un oued, est depuis 1935 la Mecque gauloise des expérimentations chimiques, on y teste le gaz moutarde et le phosgène, et ce bien sûr à plus grande échelle qu'à Mourmelon. Et quand, en 1967, les équipements militaires français sont cédés à l'armée algérienne à moitié prix, B2-Namous continue de fonctionner telle une France minuscule en exil n'ayant d'autre industrie que celle, toxique, dont a toujours rêvé l'inquiète défense du territoire. Ici, des ingénieurs formés à l'École militaire des armes spéciales de Grenoble travaillent sans relâche sur des armes de saturation, des agents chimiques persistants, procèdent à des épandages chimiques, se livrent à des manipulations biologiques.

1969 ? C'est sans doute la date dont se vantent les journaux qu'il feuillette dans la cale de l'avion affrété par la Sodeteg, son employeur officiel, une filiale de Thomson censée travailler pour le compte de l'autorité militaire algérienne. Parti tôt de l'aérodrome de Namous, un aérodrome absent des documents aéronautiques, Antoine n'a pas besoin de passer les contrôles de la police des frontières. C'est la nuit. Il atterrit au Bourget, son paquetage sur l'épaule, traverse un hall où personne jamais n'attend personne. Il lui suffit de signer quelques papiers promettant à l'armée son silence et sa discrétion. Une quarantaine lui est toutefois imposée dans une clinique de la banlieue parisienne, mais les examens qu'il subit ne sont que routines, aucune aiguille ne vient contrôler son éventuelle radioactivité, il doit juste boire tous les matins un petit verre rempli d'un liquide nauséabond. L'été touche à sa fin et Antoine est libre de retourner à la vie civile, encore tout étourdi, avec néanmoins quelques billets épinglés dans une enveloppe et les sincères encouragements de la Grande Muette. Il marche et se perd, prend un bus, puis un autre, jusqu'à ce qu'un panneau l'informe qu'il est à Paris. La suite, Lucy la connaît. La suite, c'est l'automne, c'est elle. Antoine se tait.

Lucy voudrait qu'il parle encore, qu'il dise pourquoi, pourquoi l'asile en 51, pourquoi la camisole et pourquoi les cris, tous ces mois passés à guérir de quoi. Où était-il, il ne l'a pas dit non plus. Il a évoqué un fleuve, et elle a cru entendre le son du Sud dans le ton soudain charmé de sa voix. Elle écrase sa cigarette dans la paume indifférente du cendrier et l'interroge. Et quand Antoine, avec difficulté, prononce enfin le nom presque interdit de Pont-Saint-Esprit, Lucy sent la pièce opérer un tour complet. La bile lui monte à la gorge, du givre s'attaque à la racine de ses cheveux, elle ferme les yeux, part en arrière, retenue par la main d'Antoine. Sa mémoire est de nouveau à vif, et au centre de cette mémoire, dans un écrin nauséabond, brille le cadavre de Nathan Fuller, délesté *in extremis* et par ses soins de quelques mots abscons et d'un petit carnet gris. Le "non sain d'esprit" murmuré par l'agent défenestré et l'opération secrète de la CIA à laquelle il avait fait allusion se rejoignent alors en un point aveugle, telles deux ondes aspirées par le même vortex, une impossibilité soudain changée en ville du Sud de la France, d'où elle croit voir émerger, nouveau-né ardent, le fantôme d'Antoine. Lucy entend Fuller parler, à jamais fracassé, et sait enfin quelle était sa croix, ce secret qu'il voulait avaler et cracher tout à la fois. Elle songe au carnet gris de Nathan où étaient détaillés, d'une main tremblante, les agissements de la

CIA, en particulier le projet d'épandage à vaste échelle, sur les champs et dans les eaux, de doses de LSD, en France, à l'été 51, autour d'une ville portant le nom improbable de Pont-Saint-Esprit.

Antoine s'est endormi, une tempe contre sa cheville. La fenêtre ouverte forme un rectangle noir qu'un feu encore caché attaque imperceptiblement par le bas. Dans son sommeil qui n'est que refuge, il sent couler une cire sur ses mains, une cire qui n'est pas de la cire et qui tombe des yeux de Lucy, comme tombent un jour tous les diamants du ciel, par la pure force de la gravité.

2

SOURCES

Tu peux me remplacer quelques jours, Antoine ? L'extrémité bombée d'une cuiller pressée contre sa lèvre, Lucy regardait les gens courir derrière la vitre du café, cols remontés, parapluies déployés. Par qui ? faillit-il répondre avant de – une sensation si vive qu'il renversa son verre et se retourna, comme prêt à se battre, ou détaler, mais personne ne l'avait touché, ni même frôlé, et il comprit que c'était un bruit, émis par le flipper au bout du comptoir, qui avait réveillé un souvenir, une image, précipitant une crise. Il attendit quelques secondes, guettant le retour d'un son bien précis, mais le joueur enchaîna des manœuvres plus vandales que virtuoses, et l'appareil, après un claquement qui aurait pu être prometteur, se mit en veille dans un chuintement moqueur – – – *tilt*, bien sûr.

Je dois aller à London quelques jours, j'ai un, c'est for something de, tu sais je peux pas fermer, je perds too much money à chaque fois, alors voilà, tu connais bien le stock now, tu sais où sont les trucs, les revues, all that shit, de toute façon y a pas grand-chose à faire, tu vires juste les guys qui se touchent sous le manteau, tu m'as vue faire, it's not very complicated, OK ? Tu ferais ça pour moi ? Well, je dois aussi te dire un truc. Tu sais, je t'ai parlé de lui, l'Américain,

Wen. Remember ? Wen Kroy. C'est un ami. Il doit passer à la boutique pour récupérer some things, alors ne t'étonne pas si tu le vois aller et venir, right, et ne te laisse pas, comment on dit, embiboner ? Right, embobiner.

Le patron du bar fit claquer son chiffon mouillé sur le zinc, engueula le jeune qui avait osé violenter son Gottlieb électromécanique, un modèle "Laser Sun Devil" assez retors, avec côté gauche un portillon goulu qui semblait avoir été créé pour aspirer l'âme du joueur, et un écart tel entre les nageoires de bakélite qu'il fallait plus que du sang-froid pour tenter la fourchette. Antoine se leva et alla l'admirer pendant que le patron débranchait et rebranchait la prise murale, le monstre se réactivant dans un fier gloussement.

Au centre du plateau rayonnait une auréole de toute beauté, une roulette dotée d'une case rouge susceptible de vous accorder la manne d'une vie supplémentaire, mais également d'une case noire, qui sonnait le glas de la partie. Juste au-dessus de la roulette, un jeu de cartes permettait aux plus habiles de tenter la quinte flush royale – il suffisait pour ça d'éliminer les cartes en les tirant dans l'ordre, d'abord le 10, puis le valet, la dame, le roi – et enfin l'as. Antoine tâtait déjà sa poche de jeans quand une pièce d'un franc vint tinter sur la vitre, propulsée par une Lucy ayant opté pour la patience plutôt que l'agacement, sachant combien Antoine était lui-même une bécane complexe qu'on ne brusquait pas sans risque.

La partie semblait sans fin. La bille d'acier avait beau, par moments, dévaler le plan incliné à une vitesse prodigieuse, sans lien aucun avec les modestes exigences de la gravité, inéluctablement attirée par le vide qui ronronnait en deçà des deux languettes caoutchoutées, apparemment hors de prise, un miracle se produisait à chaque fois, dû aux vibrations émises par les hanches d'Antoine et communiquées de façon si précise au cadre qu'arrivée aux deux tiers de sa course la bille, comme touchée par la grâce, déviait légèrement de sa trajectoire, heurtait une bobine, obliquait follement, ricochait deux trois fois sur des courroies élastiques, puis, rédimée au prix d'une fourchette virtuose à trois temps, tourbillonnait sur elle-même, ralentissait, presque suspendue au-dessus des flammes peintes, avant de se réfugier obligeamment dans une anse à ressort qui, après réflexion et claquement, la renvoyait au zénith, l'obligeant à gravir des rampes spiralées, tandis qu'un bruit de castagnettes signalait l'emballement du score sur le fronton, très vite suivi d'une série de sèches détonations – Antoine, absorbé dans la pyrotechnie de l'exploit, claquait, gagnait, rayonnait, sous le regard d'une Lucy se rêvant soudain bonus.

Mais que gagnait-il, sinon le droit de risquer, une fois de plus, une fois de trop, ce qui ne lui appartenait déjà plus et faisait désormais partie du système, de cet évangile de la sueur que toute agitation, au mieux, distrait, alimente. Antoine tira au maximum la tige du lanceur, écrasant le ressort invisible, et propulsa une nouvelle bille, qui fusa avec fluidité dans un sifflement inouï, puis, lâchant les hanches de la machine, sans même suivre du regard la trajectoire de la bille qui, plus argentée que jamais, se précipitait droit sur une cible connue d'elle seule, il se tourna vers Lucy qui avait poussé la porte du café et lui emboîta le pas, dans la rue, le froid – bien sûr qu'il la remplacerait.

*

Sans même s'en étonner, Antoine écoula une bonne partie du stock de godemichés et de martinets, sans compter des dizaines de publications spécialisées. Toute l'après-midi, il assista à un défilé ininterrompu de pervers chenus et de fétichistes roublards, tous libérés ou sursitaires d'une quelconque morale, sans compter la masse indifférenciée des curieux, des hésitants, de tous ceux qui voulaient voir, sur papier glacé, des bites et des cons plutôt que des bobines parlementaires, voulaient voir si, quoique figés, des inconnus s'adonnaient aux mêmes gymnastiques que leurs doubles quand ils rêvaient.

Antoine comprit que ce qui séduisait le chaland, c'était moins la tentation de l'interdit, cet amadou dont la justice redoutait la sourde et discrète consumation, que la panoplie surprenante, l'aspect bazar des lieux, le fait que livres, produits, ustensiles, onguents, reproductions cohabitent dans le même espace, au nom du même désir, prouvant ainsi que seul le missionnaire se leurrait en planchant sur l'horizontale matière.

Il s'efforça de contenter du mieux qu'il pouvait, c'est-à-dire, avec un sentiment de panique croissant, mais pas désagréable, que pallièrent fort heureusement sa connaissance de la boutique et son instinct proche du radar. Comme aimantés par sa présence, qu'ils sentaient hors sexe, les clients abondaient, spermatozoïdes un peu éméchés entrapercevant, dans la brume fort peu sédative du désir, le néon d'un ovule réputé pour sa libéralité. Oui, Lucy avait raison : baiser était pratique, magique, inévitable.

Cette dernière lui avait laissé clés et recommandations, et Antoine s'était dit en début d'après-midi qu'il allait surtout faire le ménage, le tri, ranger et classer, mais l'affluence, incompréhensible, le contraignit à renseigner, aiguiller, modérer, neutraliser, abonder, tergiverser, opiner. Vanter le latex, louer la fourrure acrylique, rassurer quant aux risques voltaïques, refuser poliment mais fermement certaines démonstrations de produits, débusquer le galopin sénile, ne pas froisser la veuve au décolleté corinthien, feindre la rupture de stock ou l'ignorance devant l'indic de passage, et veiller à chasser les mineurs, souvent soudoyés par le précité indic.

Il s'absentait parfois pour faire de la monnaie, courait jusqu'au café d'en face, source de tentations, avec son billard bancal mais musclé, que le patron espérait redorer en diffusant quasiment en boucle une chanson de Piaf, qu'Antoine finit par connaître aussi bien qu'un bénédicité :

"Pas la peine de suivre l'aiguille",
Dit le patron du bar,
"Ça n'avance à rien
Elle est en retard!
Va jouer aux billes
Ça passe le temps et ça fait du bien..." puis revenait en dissimulant tant bien que mal son essoufflement, poussait la porte, et là s'amusait de l'air scolaire, un peu improvisé, qu'arborait la clientèle, à croire qu'en son absence une bacchanale s'était ordonnée, avait goûté les charmes de l'impromptu, puis, ayant pressenti son irruption, s'était figée en un tableau charmant, où l'innocence débraguettée et la probité humide semblaient convoler, sereines. Ni dupe ni roitelet, Antoine retournait derrière la caisse, souriait au notaire patient qui attendait son sexotonique, et rendait ce qu'il y avait à rendre tandis que dans sa tête bagnolait la voix qui fait piaf :

Il met ses vingt balles dans la mécanique
Un déclic !
Les billes sautent au garde-à-vous !
La première bondit comme une hystérique.
Ça cavale, ça sonne, ça s'allume partout !
Ding ! Ding ! Ça crépite comme une mitraillette – et parfois un client l'interrogeait sur les poupées sexuelles, vous savez, celles qu'on gonfle, est-ce que c'est solide, est-ce qu'on peut, euh, les, leur, bon je suppose que ce n'est pas garanti, dès qu'on s'en sert c'est, mais, par rapport au poids, aux forces exercées, selon vous – et là Antoine résistait à l'envie de répéter ce que Lucy aimait à dire, d'un ton naïf : Vous ne voudriez tout de même pas qu'elle résiste ?

Certains gobaient, d'autres pas. Mais la caisse chantait, les billets se défroissaient, les yeux baissés se vitraient et les affaires reprenaient. Antoine avait dans sa poche les clés de l'appartement de Lucy, clés qu'elle lui avait laissées afin qu'il dorme chez elle plutôt que dans sa chambre placard de l'hôtel *La Sage Décision*. Il ne pensait qu'à une chose, qui était tout sauf une chose : aller flâner chez elle, caresser son absence sur la moindre surface, en invisible sillon, à même la poussière, puisque celle-ci avait été assez de temps en suspension pour être traversée par le corps de Lucy, retrouver des plis anciens dans ses draps et s'y allonger, avec, tournoyant sur la galette du tourne-disque, une de ces aberrations musicales dont elle était gourmande, King Crimson, The Stooges, Nick Drake, peu importe, car ce qu'il entendrait vraiment, tandis que sa main babillerait, ce seraient les grains épars d'Édith, qui continueraient de s'écouler – *Ding ! Un œil fait "tilt"… Ding !*
Une bouche fleurit !

Une pin-up s'éclaire des pieds à la tête
Au fond de la vitrine en verre dépoli.
Cent mille ! C'est le ballet des nombres magiques !
Deux cents ! Re-ding-ding !!
La bille n'écoute pas…

Le dernier client consentit enfin à reculer vers la porte et, petits pas tassés sur petits pas, se laissa congédier, un exemplaire des *Jardins parfumés* du cheikh Nafzaoui soigneusement emballé dans du papier kraft qu'un soupçon d'huile de nigelle n'aurait pas déparé.

*

Antoine verrouilla la porte, tira les rideaux et alla s'occuper de la caisse, déstabilisé par le silence soudain, d'une texture cotonneuse, presque blanche, et qui semblait absorber non seulement les bruits qu'il faisait en comptant francs et centimes et en dépliant chèques et billets, mais également les effluves concupiscents abandonnés par les clients. Eût-on pressé l'instant telle une éponge qu'il en aurait coulé des larmes épaisses et suspectes.

À peine eut-il rangé l'argent dans la caissette que déjà il se saisissait de l'emballage où dormait, déconfite, la sex doll achetée puis égarée quelques semaines plus tôt, infiniment remplaçable dans sa candeur d'artifice.

Il la sortit de sa boîte avec des précautions de démineur. Une autre peau. Ni salée ni sucrée, étanche aux sueurs, sur laquelle les doigts ne laissaient aucun souvenir, corps sommaire assumant son content de vide, ni jeune ni vieux, souriant d'une bouche anus bien trop fardée pour évoquer un fruit à écraser, vous regardant de ses yeux de colombine un peu pute, avec ses membres ignorant la flexion, aux vergetures éphémères, et plus légère qu'un épouvantail livré aux vents. Elle n'avait pas besoin de nom, pas besoin de qui que ce soit, pas le moindre besoin, en fait, étant forme informelle, souple et sotte, plus bol que soupe, et horriblement chauve en dépit des quelques mèches filasse cousues – collées ? – n'importe comment sur son front brachycéphale.

Mais elle procédait d'un mystère qu'Antoine voulait palper, de toutes les forces de sa sainteté à l'œuvre. Il se rendit dans la remise à vélos de l'immeuble, y trouva une pompe à vélo qu'il emprunta le temps de la réincarnation. Il aurait pu la vivifier de son souffle, mais il est d'autres façons de prouver son amour que l'abouchement au réel, et chaque étreinte a ses codes, tout comme les préliminaires savent recommencer après l'assaut, quand il faut, s'il le faut.

Là, gourde alanguie sur le plancher des *Sept Délices*, à même un carré de lino récemment recollé, la Miss Muette faisait pitié et pas grand-chose d'autre, ses jambes suffisamment distantes pour susciter, à défaut du désir, une ombre de curiosité, ses bras levés comme pour saluer le premier timonier venu. Si elle n'avait ni beauté ni charme, aucun attrait à cultiver, la faute en était non à son concepteur, mais plutôt à celui qui, la sachant invalide par bien des côtés, ne prenait pas la peine de la magnifier.

Antoine se coucha à même l'idiote consentante et laissa son corps tiédir lentement. La sensation ne vint pas tout de suite. Ce ne fut au début qu'attente, ennui, puis la femme qui n'était pas femme parut secouée de tics, elle répondit aux déhanchements d'Antoine, un peu plus mobile, sa face de ballon enfin généreuse, son bassin enjoué, ses deux bras battant telles des ailes pas encore rognées. Antoine tout frémissant, happé par le passé, se revit en position semblable sur autre chose, au fond d'un lieu compressé d'eau, mais sa mémoire emporta tout, il eut beau se cabrer, et gémir, appeler, l'indigente élastique encaissait ses ruades – puis, parce qu'un miracle est la seule chose ici-bas susceptible de nous réconcilier avec nos illusions, elle bougea encore, bougea mieux, bêtement mais sûrement, titillée par la vanité musculaire, vaguement épileptique dans sa fadeur innée – oui, elle remua, réagit, souleva ses flancs et, magie, tendit sa bouche-trou vers lui.

Antoine sursauta, si tant est que la chose fût possible à même une fiancée aussi moelleuse, roula sur le côté, et entendit alors des coups de boutoir émanant du ventre de la boutique, des assauts agacés, répétés, accompagnés d'un gondolement de planches, puis il vit son ultra-légère promise sauter et rebondir, comme cahotée par un orgasme, expulsée en position oblique par le panneau d'une trappe – une trappe ? – qu'on soulevait.

Des cheveux gris cendre émergèrent, puis les plis d'un front, deux sourcils si fournis qu'ils ne pouvaient que précéder des yeux soucieux, et enfin le visage bistre d'un homme surpris par autant de résistance, ahanant presque pour la forme, et qui, avisant Antoine, se détendit, envisagea l'hilarité, mais se ravisa, et attendit que tout le restant de son corps fût hissé pour parler.

Ah, j'ai bien cru que, mais non, ce n'est que vous – Antoine, c'est bien ça ? Je suis Wen Kroy.

*

Antoine ne savait plus trop s'il s'était rebraguetté après sa bascule. Quant à la sex doll, elle avait dû se prendre une écharde car elle geignait et décroissait, de plus en plus flapie, aussi esseulée qu'un pneu crevé, son peu de vie s'enfuyant en un sifflement vierge de toute langueur, plus flatulente que gémissante. Ayant émergé d'un mouvement qui dénotait presque le para, l'homme s'épousseta, sourit pour le plaisir incongru de sourire et, piétinant la dépouille rose comme si toute chair n'était que paillasse dès lors que foutue, s'approcha d'Antoine, lui tendant une main qui, autour d'un cou, aurait favorisé la production d'aveux, mais qui en l'occurrence lui permit de retrouver dignité et verticalité.

Ravi de faire votre connaissance, articula un peu sèchement Wenceslas Kroy.

Antoine ne sut trop s'il consentait à la réciproque, mais il n'eut pas le temps de s'inventer un équilibre, car Wen canardait déjà Antoine de ses propos glueux.

Ah, Antoine, vous vous demandez sûrement ce que je faisais là, en bas, tandis que vous, enfin, bon, ça vous regarde, mais comme vous avez pu le constater ce genre d'idylle est de courte durée, non mais regardez cette pauvre fille, cette peau sans pulpe, ne me dites pas que vous en avez eu pour votre argent, si tant est que vous ayez acquitté le prix de sa traversée. Ce que je faisais dans la cave de Lucy ? Eh bien, voilà qui est plus intéressant, non ? mais êtes-vous prêt, je veux dire, êtes-vous suffisamment au fait de ce qui se passe dans le monde pour entendre et comprendre ce que je pourrais vous révéler si jamais l'envie m'en prenait, oh j'en doute, Antoine, j'en doute, le seul mot de révolution devrait vous faire fuir, car vous n'avez pas idée de la complexité des choses, il faut bien que quelqu'un se salisse les mains, et remette de l'ordre, non, pas de l'ordre, j'ai parlé trop vite, je voulais dire : un autre désordre, voilà, je le dis : un autre désordre, ni plus bancal ni plus stable, et qu'on ne me fasse pas le coup de la manipulation, du contrôle des esprits, qu'on ne me parle pas de torpillage, d'infiltration, nous sommes tous des infiltrés, à divers degrés, l'important est d'en avoir conscience, parce que faire des dégâts c'est bien joli mais une fois qu'on a fait sauter toute la sainte baraque, bon, je ne sais pas si vous me suivez, ni si ça vous intéresse, nous avons tout notre temps. Sortons d'ici, ça pue l'inutile.

Nous ? Notre ? Antoine était sidéré par la familiarité de Wen Kroy, qu'il devinait néanmoins stratégique.

Voilà ce que je vous propose, ça ne devrait pas trop bousculer votre emploi du temps, nous allons dîner tous les deux, et parler, de Lucy et d'autre chose, des jeunes qui veulent tout tout de suite et que j'invite à plus de précision, des moins jeunes pour qui il m'arrive d'émarger, et qui veulent autre chose, *tout autre chose*, et si le sujet vous barbe eh bien qu'à cela ne tienne, nous ne parlerons pas, manger suffit à notre peine, après tout. Vous savez quoi ? J'apprécie votre silence, et comme vous m'êtes déjà infiniment sympathique, Antoine, je serais partant pour un bon vieux bortsch ukrainien, avec un peu de cette crème affreusement aigre qui remet la betterave à sa place et juste ce qu'il faut d'ail pour ne pas mourir d'insipidité, oh nous allons nous régaler.

Antoine n'avait pas particulièrement faim. Un quoi ? Un *bortsch* ? Va pour un bortsch.

*

La nuit. Les rues de Paris révélées, cachées, truquées. Une marche saccadée, à chaque carrefour réorientée, avec de temps en temps, quasi néolithique, un monument surgi des ombres pour rappeler que l'histoire était avant tout pierre, angles, dédain. Quelques putes en phase d'approche, aussi, jupes noires, yeux creux, tout juste sorties de la saignée d'une impasse que personne n'irait ausculter. Puis le boulevard dit du Crime, dévolu aux planches et à leurs éclats de rires, et plus loin, chuchotant, des Arabes, qui se demandaient sûrement combien de rides encore, aux mains et dans le cœur, il leur faudrait pour être considérés comme de gras Gaulois, et des Grecs, aussi, superbement fatigués, qu'avalait benoîtement le suaire du bitume de plus en plus froid, de plus en plus noir, et sur lequel des Citroën un peu trop banalisées glissaient, parce que la révolution n'était plus au menu des négociations.

Ils dînèrent effectivement d'un bortsch, et Antoine espéra que leurs rapports en resteraient là, que la betterave demeurerait le symbole de leur amitié avortée, tel un gros cœur violacé que la fourchette se refuse à réanimer. Pourtant, afin de bien lui signifier que l'heure de se quitter n'était pas encore venue, Wen Kroy tint à revenir sur les raisons de sa présence dans la cave des *Sept Délices*, demandant à Antoine de ne tirer aucune conclusion hâtive. Après quoi il héla un taxi, et quelques minutes plus tard une Simca les déposait au coin d'une rue qui ressemblait à un couloir de prison, maton en moins.

Wen Kroy poussa presque Antoine dans un café qui s'achevait en une salle étroite où dîner devait être une punition. Le patron accepta de les servir non sans avoir baissé aux trois quarts le volet de fer. Le calva moussait un peu, ce qui arracha un rire à Wen. Pisse normande ne vaut pas qu'on se pende ! décréta-t-il, fier de sa rime – ou d'autre chose – en glissant au patron du bar un billet suffisamment plié pour que sa valeur reste secrète aux yeux d'Antoine, qui ne saurait pas ce qui ainsi était acheté : l'exécrable boisson ou le temps passé à la boire.

Certains prétendent que l'État est un monstre froid, Antoine. Je dis : facétie. Je dis : illusion tactile. L'État est un gaz, inodore, incolore, insipide, on l'inhale en même temps que l'odeur des marronniers en fleur et celle du cuir graissé, sa capillarité n'est plus à démontrer, seuls ses effets restent variables. Chez certains, ils provoquent une forme d'assoupissement, propice à l'acquiescement ; chez d'autres, la réaction est violente, ce sont des haut-le-cœur, des réflexes reptiliens – fuite, sursaut, théorisation excessive. Dans les deux cas, il attaque les cellules, les chauffe, les porte à un degré de connivence insoupçonné. L'État, vous le voyez, ne nous veut que du bien. Il nous apaise et nous berce, ou il nous force à sortir du bois. Les rois, les archiducs, les ministres, les dauphins et les pharaons, ils n'incarnent rien, ce sont eux les monstres froids. Ce que je faisais dans la cave de ce porn shop ? Vous avez lu Platon ? Que fait-on dans une cave, je veux dire à part écluser des bouteilles ? On liquide les ombres, non ? On repeint les parois, on maquille les bisons, que sais-je… Eh bien moi je m'occupais de tracts. Qu'est-ce qu'un tract ? Vous faites bien de ne pas poser la question, elle est sans le moindre intérêt littéraire, le mot "tract" dit à lui seul tout ce qu'il espère dire : c'est un bout de papier qui sert à tracter. En fait, il sert à pousser, mais il vaut mieux qu'on pense qu'il est une barge, responsable d'on ne sait quelle remorque. Car l'*impetus*, le moteur de la volition, plus personne hélas ne sait où gît son siège. J'aime la proximité sonore des mots *rodéo* et *ronéo*. Et aussi le fait qu'on confonde l'arène et la rue. Bien, nous allons reprendre quelque chose, car cette nuit est celle de toutes les prodigalités.

Le patron du bar déposa sans rien dire une bouteille entre eux. D'autres clients étaient apparus sans qu'on ait entendu grincer le rideau de métal plissé. Ils jouaient aux cartes, lançaient des dés, passaient des coups de fil, bakélite bien en main. Les accents étaient divers, et les faciès résolus. C'était comme si une aube parallèle s'était invitée dans cette zone de non-droit, où Wen pouvait, sans justification aucune, tenir cour et garder flegme, serein nabab dont la présence transformait le moindre bouge en wagon transsibérien.

Voyez-vous, Antoine, il y a en ce moment de jeunes esprits qui ont compris que ce fameux gaz étatique était doté d'un fort potentiel explosif. Ils ne sont pas nombreux, ces esprits, ils sont même plutôt empotés, et je ne vous cacherai pas que leur terreau, plus rouge que le sang du verruqueux Timonier, hésite encore quant à la nature de l'engrais qu'il leur faudra arroser pour que revienne le temps des cerises. Je suis là pour casser les noyaux, pas pour inventer un nouveau sirop. À la fois, je les comprends, les admire même – oui, l'admiration est un de mes vices, même si elle ne va pas jusqu'à décrisper mon index quand la détente m'appelle. Or donc, ces tracts, je les imprime, pour certains. Je pousse, je tracte, allez savoir. Ai-je des chefs ? Ah, cette question est une orgie à elle seule. Je ne suis qu'un pauvre Américain chenu, aux états de service plus boucanés que le cul d'un mouflon des Carpates. Si j'obéis, c'est par curiosité. J'obéis à la curiosité. Car je sais – écoutez-moi bien – qu'il n'y aura ni vainqueur ni perdant. Bien sûr, on verra les barons devenir barbons, et les mousquetaires perdre leurs plumes. J'ai inventé un jeu qui s'appelle L'Épingle. L'épingle du jeu, c'est bien comme ça qu'on dit chez vous, non ? Le principe est simple : non pas tirer son épingle du jeu mais convaincre les joueurs, quel que soit leur camp, qu'il existe une épingle, et qu'il est possible, moyennant acuité visuelle et dextérité manuelle, de la tirer, comme une écharde si vous voulez. Parce que bien sûr ladite épingle n'existe pas. Le foin est le foin est le foin. Suis-je assez confus ? Dites, vous êtes sûr que ça va ? Bon, où en étions-nous ? Ah oui. Des gens que je connais vaguement, que je côtoie fort peu, sont actuellement obnubilés par un sphinx qui s'appellerait la Tricontinentale. Pffff. De quoi s'agit-il ? Selon certains, d'une poignée de moscoutaires ayant compris que plus galeuse la brebis, plus sanglantes ses ruades. On parle de Cuba, on répète le mot Viêtnam comme s'il était l'anagramme ratée du mot "vitamine", c'est un peu primaire, plutôt gonflé, mais extraordinairement distrayant. Bref, cette Tricontinentale, forte de l'oppression qui l'échafaude, aurait décidé de former et d'essaimer, je dis "aurait" parce que la chose est si avérée que c'en est louche, ou naïf, bref, votre monarque s'est laissé convaincre qu'il y avait conspiration. Qu'un renversement était à l'étude. Je sais que vous n'êtes pas à Paris depuis longtemps, votre vie ici se compte en semaines, et vous n'avez donc pas connu *de visu* les précédents épisodes de ce drame. On a laissé faire, dans l'espoir que le sang, impétueux et fluide, finirait par teinter les pavés, et justifierait des projectiles aux embouts moins caoutchouteux. Échec total, nos insurgés ayant plus de jugeote que la couille droite de l'ancien préfet. Maintenant que la fête est finie, que tous ces petits rêves dangereux ont été resyndicalisés et désextrêmisés, nous devons nous assurer que les nouveaux amis des prolétaires, ceux qui ont, planqués derrière les *Écrits* de Lacan, deux ou trois tromblons de l'époque résistante, prennent leur courage à deux mains et passent à l'étape suivante. D'où mon soutien à leur cause, vous comprenez ? Que je torpillerai, sans doute.

Antoine regardait son verre, au fond duquel le liquide, effectivement plus urique que doré, réfléchissait à peine l'ampoule suspendue au-dessus de leur table. Il avait du mal à suivre Wen dans ses circonvolutions, même si Lucy lui avait causé de la Cause, évoqué le fauve de carton et les géants argileux.

Ne vous méprenez pas, Antoine. Je ne travaille pour personne, si vous voulez un indice. *No boss, no god*. Je ne crois pas à la manipulation, et ce pour une excellente raison, qui est que chacun est l'apprenti de sa propre manipulation. C'est cela que nous apprenons, au fil des gifles, des ruptures et des retards historiques : à devenir notre propre manipulateur. Ça demande du temps, mais c'est payant. Nous nous prenons d'abord nous-mêmes en otages, puis nous soudoyons nos idées les plus pures, nous testons leur résistance, avec une certaine cruauté, enfin nous procédons à des échanges, nous prélevons un peu d'argent sur le magot destiné à la collectivité et nous achetons de la poudre, perlin ou pinpin, on s'en fout, avec laquelle nous lavons le cerveau, puis nous l'essorons, et l'eau qui goutte à nos pieds, nous comprenons et proclamons que c'est le fleuve du temps, qu'il coule dans une direction et pas dans une autre, et quand notre vision s'altère, nous desserrons d'un cran le bandeau qui nous gêne, nous nous décidons victimes, et si personne ne vient à notre secours nous reprenons les rênes de notre enlèvement, nous kidnappons en nous les enfants perdus, nous leur coupons phalange après phalange pour les empêcher de pratiquer ces attouchements qui, à notre insu, feraient éclater un peu de joie. Je reviens de loin, mon cher. Je suis, pour user de la métaphore ultime : américain. Ne l'oubliez pas – jamais ! Le français a été ma première langue, par la faute excusable de mon père, piètre diplomate, mais ma pensée sentira toujours le pétrole, le saloon, la Cadillac. Au fait, Lucy revient demain, elle a été retenue en Angleterre par certains soucis, et quand je dis Angleterre je veux parler bien sûr de l'Irlande. Mais peut-être vous doutiez-vous de sa véritable destination. Oh, elle a plus d'une raison d'aller là-bas. Ça s'agite pas mal à Belfast, en ce moment, il y a de la scission dans l'air, le Sinn Féin est jugé trop mou, mais vous vous en fichez. Lucy aussi, d'ailleurs, car si elle traîne dans ces parages, croyez-moi, c'est surtout pour revoir son fils. Son père s'est installé récemment dans la banlieue de Belfast, où il ne va pas tarder à faire faillite, le pauvre aurait mieux fait de rester cramponné à ses orangers californiens. Le fils est encore jeune, il ne sait même pas que Lucy est sa mère, il croit que c'est une tante, une marraine, allez savoir, tout ça n'est pas très sain, mais ce n'est pas à moi de porter des jugements sur ce qu'est ou doit être la fibre maternelle. Bah, laissons là ces affaires irlandaises et revenons à nos chers arrondissements parisiens. Vous pensez qu'il vous serait possible de surveiller un peu Lucy, en tout bien tout honneur ? de m'édifier un tant soit peu sur ses agissements ? Oh je ne vous demande ni noms ni adresses, je me contenterai dans un premier temps d'impressions, de descriptions, et pour le reste je ferai appel à mon sens de la déduction.

Quand l'entrevue s'acheva, le regard de Wen Kroy était sans ambiguïté, et disait ceci : C'est un jeu et ce n'est pas un jeu, Antoine, mais il est trop tard pour en décider. Kroy se dirigea vers une voiture, la même qui les avait conduits au café, mais dépouillée cette fois-ci du module lumineux des taxis. Le conducteur se devinait à la braise d'un clope, et il passa la première dès que la portière eut entamé son mouvement de repli sur W. K. L'avenue les avala, verte, eau, silence. Le trottoir scintilla brièvement. Antoine regarda autour de lui, mais seul le lampadaire au coin de la rue retint son attention, n'éclairant guère que sa base contre laquelle pissait, concentré, fébrile, un clochard qui n'était pas près d'avoir un maître.

Une fois de plus Paris saignait, ses veines secouées par la fuite des phares. Des caillots vivants s'engouffraient dans des allées pour aller cracher leur foi provisoire, des mains étaient serrées et des substances échangées, une fille trépignait dans une cabine téléphonique, ses longues manches soudain inhumaines, des vitrines exhibaient leur lot de cadavres, et quelque part, au-dessus du goulot des rues, cette pâleur qui se voulait ciel, attente.

Antoine finit par retrouver le chemin difforme qui menait à l'hôtel *La Sage Décision* et, quand Louis s'avança pour lui ouvrir de son pas exagérément rampant, Antoine se sut un petit chien perdu au sein du peuple qui ne vient pas.

*

Revoir Lucy lui fut une joie et une souffrance qu'il cacha, sans trop savoir pourquoi, et le simple fait de cacher cette joie et cette souffrance fit de ces dernières tout autre chose : une impatience froide. Un hiver dont personne ne voulait s'apprêtait à tout maculer, les véhicules démarraient de plus en plus péniblement, les portes fermaient mal, et déjà les nez coulaient comme si tout un chacun avait été de cire. Derrière les écharpes, les bouches ne souriaient plus, fendues, gercées par l'haleine retenue.

Lucy avait perdu toute gaieté, et si son attrait persistait aux yeux d'Antoine elle semblait décalée comme après un choc, ses contours plus tout à fait les mêmes, moins appuyés. Elle n'achevait pas ses gestes, presque fière de ses yeux rougis, se mordillant souvent la lèvre inférieure, dont elle déplorait certainement la réticence à saigner. Ils voulurent aller au cinéma, s'en remettre à Godard, prendre appui sur Bertolucci, mais quel que fût le drame déconstruit et projeté, c'était comme si le film repartait en sens inverse, remontait le faisceau aux mille poussières, les acteurs presque embarrassés par l'attention triste et volatile de Lucy, qui ne cessait de regarder derrière elle, à croire qu'elle était filmée par le projecteur et ne savait plus son texte.

Elle voulut savoir ce qu'avait dit Wen Kroy, s'il avait parlé d'elle, et en quels termes, et quelle couleur, quel goût, avaient ces termes, mais aussi quelle impression – quelles marques ? – il avait faite sur Antoine. Ce dernier lui répondit évasivement, ne sachant que faire de ce fils surgi de nulle part qui avait pris place dans le cœur de Lucy. La douleur de se découvrir indigne de confiance, impropre aux confidences, faux ami employé à dessein afin de dire autre chose, cette douleur le tenait désormais à distance des autres comme de soi. Un fils ? Qui donc aurait voulu d'un fils, ici-bas ? Un fils, ce n'était rien, pas même un relais, encore moins un prolongement, tout juste une chose qu'on dépose sur le seuil avant de partir en courant. Il n'y avait plus de fils, et certainement pas de mères. Les êtres poussaient à même la terre, telles des taupes absurdes, promises au talon ou à la bêche, respirant la fange avant même de connaître l'air. Antoine aurait voulu ramasser ces fils soi-disant précieux, et les jeter en pâture aux scorpions du désert. Pas de fils ! Plus de fils ! Rien que des hommes, trouvés au matin dans la rue, aptes au service et à la bêtise, éméchés, nus, un faux cordon ombilical autour du cou pareil à un nimbe tiède et sans usage.

Le dégoût de survivre le reprit, et il se mit à penser de plus en plus à la poupée de plastique qui s'ingéniait à le narguer en lui promettant une étreinte dont il n'espérait aucun plaisir, sinon le secret de sa fascination pour l'amour inerte. Le rire flûté que devait être son souffle une fois percé sa sotte enveloppe ne conservait-il pas une once de chaleur venue du bois lointain dont sa matière était l'héritière dégénérée ? Le secret d'une nature éprise d'artifice ne résidait-il pas alors dans sa palpation ? S'il s'y prenait doucement, quotidiennement, sans trop d'ardeur déplacée, elle finirait bien par s'ouvrir en partage à ses peurs, animée par l'écho de ses gestes, soucieuse de n'être pas qu'empreinte, et il pourrait alors s'épuiser en elle, s'éreinter dans sa vénération, et tomber, ailleurs, autrement, comme tombent les fils, tous accouchés par le vide.

3

DISPARITION

Une nuit, il crut la voir coiffée d'une auréole, mais quand il tendit la main, ses doigts se saisirent d'une roue qu'aussitôt il tourna dans le sens des aiguilles d'une montre, comme si son geste était façonné par l'habitude. Il reconnut alors une panique familière, à croire que le monde, ou du moins celui qui l'hébergeait, capitulait, faisait eau de toutes parts, puis chutait, piquait du mufle vers une terre autre que la terre, une terre recouverte d'eau et de vase, d'où remonter était périlleux, voire impossible. Autour de lui, ses frères priaient, pleuraient, l'eau triomphait, en gerbes et rivières, on le bousculait, et quand il voulut à nouveau se saisir de la roue pour la tourner dans l'autre sens et inverser les valeurs, son rêve pivota sur sa base impalpable, il vit la poupée brûler, ses yeux qui fondaient, devenaient ouïes, ouïes rouges, sa peau liquoreuse d'où suintaient des éclairs.

Il était à bord d'un véhicule, les mains sur une autre roue, ou plutôt un volant, un volant énorme et gras. Il savait qu'il ne devait pas se retourner, mais derrière lui beuglait une bête exigeant toute sa fascination, il se retourna, lentement, sans cesser de conduire, et vit, en place de l'horizon composé de dunes vagabondes, une couronne hirsute, amas de tous les nuages passés, présents et futurs, qui se gondolait, changeait de couleur, expulsait des anneaux, chacun plus vaste que le précédent, et quand la poupée lui apparut une nouvelle fois, à quelques mètres de son véhicule, il voulut l'éviter, tourna le volant, et –

Louis frappait contre sa porte, criait son nom, Antoine ! Antoine ! C'est Lucy ! Elle vient d'appeler ! Ça crame ! Sa boutique crame ! Vite, tu d –

La main d'Antoine chercha à tâtons son slip qu'il enfila avant d'attraper son pantalon dont il mit un temps interminable à différencier l'endroit de l'envers. À quatre heures du matin, la réalité laissait déjà à désirer.

*

Une femme au crâne grouillant de bigoudis tirait la manche d'un vieux qui soufflait sur ses lunettes. De loin, du bout de la rue qu'encombraient les silhouettes des derniers noctambules et des premiers inquiets, l'incendie aurait pu être une fête, et les commentaires légender un précoce 14 Juillet, mais déjà les sirènes des sapeurs célébraient dans l'air la fin des réjouissances.

Cinq minutes qu'il courait, avec dans les tempes l'écho trempé de ses semelles sur la chaussée, qu'une averse aussi prompte qu'intense avait dangereusement patinée. Et à chaque claque du pied, sa pensée dérapait, il voyait et ne voyait plus, s'imaginait heurter de plein fouet une Lucy aux cheveux ras et roussis, dont les sanglots s'enfonçaient dans son épaule, il s'imaginait à genoux devant son corps entier mais tout de cendres composé et que sa main, crédule, éparpillait malgré elle, malgré eux.

Il bouscula une pocharde qui le traita d'enfant de chœur, manqua percuter une poubelle qu'il évita au dernier moment en déboîtant le rétroviseur d'une Renault peinturluré de fleurs et de cœurs.

Il reconnut la terrasse d'un café où Lucy lui donnait parfois rendez-vous, comprit le détour qu'il avait fait, cracha de rage dans le caniveau et prit la première à droite, puis se figea, revint sur ses pas, se jeta dans une autre rue qu'il espérait mener plus rapidement au cauchemar dont il ne voulait pas. Plus il approchait et plus la fumée déclinait par bouffées les matières consumées, papier, plastique, carton, métal, et quelque chose qui se prétendait chair.

Il courait, toutes ses pensées changées en gravats à mesure qu'il sentait la chaleur de l'incendie croître et s'intensifier.

La cave – c'est par là qu'il rejoindrait l'enfer.

Il bouscula les buveurs d'horreurs et se précipita vers la porte cochère de l'immeuble d'à côté qu'il poussa, glissa sur les pavés gluants d'une cour intérieure et dénicha d'instinct le local puis le réduit et enfin l'ancienne porte à charbon menant au sous-sol qui l'accueillit dans toute sa noirceur où il tâtonna et trébucha parmi les piles de tracts et les angles de la ronéo jusqu'à trouver la trappe dans le plafond, y appliquant le bélier de ses épaules pour émerger dans une fournaise où il chercha Lucy, l'appela, puis se rappela qu'il y avait, derrière la caisse, un lavabo, arrachant au passage le rideau qui délimitait le réduit, aspergeant le tissu d'eau et s'en recouvrant le bas du visage. Hébété, parmi les murs de flammes qui s'élançaient et se tassaient, il chercha Lucy.

Une étagère s'écroula sur son passage, ravageant la moitié de son corps avec ses livres en feu. Il roula par terre et vit, trop lumineuses, bien trop lumineuses, les poupées conditionnées qui se contorsionnaient et s'envolaient tels de monstrueux pétales de roses ignées. Les magazines formaient des colonnes gris et rouge, des piliers infranchissables, il voyait fondre les sexes et éclater les flacons. Sa main repoussa un meuble déjà roussi, il crut entendre crépiter les pièces d'un franc dans la caisse, mais le bruit venait d'ailleurs. Il trébucha, rampa vers une masse qui semblait se débattre, comprit que ce n'était qu'un présentoir articulé par l'incandescence, se releva, toujours enveloppé de son linceul de moins en moins humide, cria le nom de Lucy, puis dérapa sur une flaque de photos en liquéfaction. Se recroquevillant pour échapper à l'inéluctable, il aperçut malgré la fumée et les flammes, à quelques centimètres de lui, un visage caramélisé qui ne souriait plus qu'à travers ses os.

VI

ENTRE DEUX FEUX

(Paris, Pont-Saint-Esprit, 1970)

Tu as oublié quelque chose, tu dois revenir.

YEHUDA AMICHAÏ

1

LANGUEURS

Les brûlures forment des taches dont sa conscience ignore les limites exactes. Son corps est devenu un territoire contesté par deux parties adverses qui, dans la nuit de sa chambre d'hôpital, mènent une lutte millimétrique – et tantôt la douleur se veut le signe avant-coureur de la victoire, tantôt le chant de la défaite. Il apprend par des murmures que son diagnostic vital a été tout d'abord "réservé", mais que sa résistance plasmatique s'est révélée incroyablement têtue, que l'inflammation, profonde et multiple, a nécessité de nombreuses perfusions ainsi qu'une assistance respiratoire, et qu'à la grande déconvenue du personnel soignant la morphine semble générer chez lui, paradoxalement, de fâcheux retours du bâton lucidité, accompagnés de cris, de balbutiements, d'appels. Sa machine nerveuse, de nouveau sollicitée, se plaît apparemment à envoyer à son cerveau des messages de plus en plus précis, son cerveau qui pourtant n'aspire qu'au coton, au silence. Il a survécu, même si sa peau n'est plus qu'une surface instable où il refuse pour l'instant d'affleurer.

Elles sont trois, que sa condition sollicite selon une alternance dont il connaît à présent parfaitement les motifs, allant jusqu'à distinguer, au gré de leurs pas, de leurs souffles et de l'ondulation de leurs voix, les trois nuances de leurs dévouements. Aucune n'ouvre la porte de sa chambre de la même manière, et si toutes suivent un protocole semblable, ce que l'une fait, l'autre souvent, par nécessité, se doit de le défaire, avant que la troisième, portée par un silence bienveillant, vérifie la litanie des soins, faisant et défaisant ce qu'il faudra de toute façon, bientôt, faire et refaire. Ses yeux ne peuvent les voir derrière l'épais bandage, mais son esprit les dessine et les redessine sans cesse, bâtissant et enrichissant leur silhouette à partir des seules coordonnées que tracent leurs intonations et leurs gestes. La plus petite est la plus douce. Celle qui parfois fredonne, la plus méticuleuse. La troisième la plus discrète.

Il est, provisoirement, leur corps, le naufragé, un presque otage. Et aussi : un bonbon qu'on ne peut déconfire de son emballage. Ou mieux : un bois, à la fibre précaire, dont il convient de ménager l'écorce irritée. Mais, bois ou bonbon, s'il cicatrise un peu trop lentement, si sa lymphe se raréfie, ou si les zones désépithélialisées persistent à bouder la greffe, leurs soins alors s'unissent et s'intensifient, les bruissements des trois femmes se concertant pour former des accords qui le protègent de la panique. Il croit percevoir une forme d'amour à l'œuvre dans l'air qu'elles déplacent un peu plus nerveusement, un air qui fait vibrer la tente de gaze sous laquelle il s'entend geindre. Une fois l'alarme passée, toutes trois vont et viennent, plus fluides encore, complices, soucieuses de ne surenchérir ni en inquiétude ni en présence, l'une posant sa paume sur son front comme si c'était là son réceptacle naturel, l'autre insérant dans sa chair une pointe avec la précision d'un baiser, la troisième commentant la trinité de leurs actes avec une patience de sœur.

Leurs noms lui échappent, telles trois séquences de sons aux échos un peu trop similaires pour qu'il ait la force et le désir de les différencier, même s'il ne redoute rien tant que la disparition de l'une d'elles, ce qui parfois arrive – une nouvelle entre en lice, qui vient déboussoler son corps à force de bandages appliqués différemment et de consolations superfétatoires. Puis elle disparaît, comme évaporée au feu de son agacement, et le trio reprend alors ses gardes, lui confiant des secrets qu'il met en couleurs et légende la nuit, quand tout autour de lui n'est plus que réverbération du carrelage et soupirs des portes, et que la peau recommencée fait payer au corps sa résistance. Sous l'œil de ces trois vestales, son corps explore la souffrance, à croire que le mal des ardents est revenu sous une forme plus littérale, enfin digne de son aspiration à la sainteté.

Antoine ne cherche pas le fil, n'essaie pas de remonter le courant. L'accord tacite qui unit cause et effet, feu et brûlure, avant et après, ce n'est pas lui qui l'a passé, il n'en a cure, n'en voit pas la pénible utilité. Perpétuée par la douleur, sa conscience s'en va ailleurs, à l'instar des colombes qu'il élevait à Pont-Saint-Esprit et confiait parfois à des routiers afin que ces derniers les lâchent en un point quelconque de la carte du monde, mais d'où elles s'élançaient, insensibles à l'idée de perdition, ravies de faire à rebours un trajet qu'elles n'avaient pourtant jamais accompli dans aucun ciel, s'enivrant à chaque battement d'ailes de ce déjà-vu rassurant qu'est l'espace dès lors qu'il se rétracte pour vous rapprocher du point zéro.

Il survit en lui, dans ce lit où sa peau brûlée croûte et suppure, alimentée en lymphe par des tubes dont il imagine le parcours, ombiliqué, contourné, menant *in fine* à quelque insolente matrice où les ordres sont, seront, par la magie de la transsubstantiation, changés en promesses, parce qu'il faut bien, un jour, se relever pour que le monde bascule à nouveau.

Les trois femmes parlent de plus en plus bas, leurs pas désormais indiscernables les uns des autres. Les souvenirs qui traversent Antoine n'ont aucun relief, et il doit leur inventer une saveur pour ne pas les laisser se dissoudre dans la douleur. Car il souffre. Plus que sa peau. Il souffre d'être un homme interdit, à la surface rongée, perdu dans la blancheur de draps dont il ne peut même pas admirer l'évidence.

Elles défont ses bandages, mais la mue n'est pas achevée, certaines zones peinent encore à feindre le rose annonciateur de la guérison. Il peut, cependant, poser le bout de ses doigts sur l'air sans s'empêtrer dans des hurlements muets. Le jour a fini par s'extraire de la nuit, la nuit à se libérer du jour, et les heures passent désormais sur son corps non plus comme une lame sur une meule mais telles des vagues sur des galets, l'essence de leur mouvement s'attardant entre les interstices qui font la vie – qui sont la vie. Les bruits, quoique ténus, et retenus par la délicatesse de ces femmes bienveillantes, parviennent à force de répétitions à libérer l'image des choses dont ils émanent. Un son mat, qui quelques semaines plus tôt n'aurait été que l'écho d'un tambour imaginaire, colle aujourd'hui à la surface plate qui l'a produit en rencontrant une autre surface plate. Tel cliquetis tente de raconter le verre, tel autre, plus émoussé, dénonce le plastique. La musique des draps glissés et pliés est revenue, aussi. Il se sait à quelques pulsations de la fraîcheur. Demain va recommencer – lent savoir duplice.

Sa guérison est un secret, qu'il garde sous sa peau en apparence éprouvée. Tout en lui fonctionne, à faible mais constant régime, depuis les idées amalgames jusqu'aux intuitions filantes, et les différentes phases du jour sont redevenues pour lui les quartiers d'un fruit formidable auquel il s'efforce de redonner forme, nom, saveur. Ses mains, il peut les joindre ; ses pieds, les frotter ; ses joues, les poser alternativement sur le drap. Ses rêves, les disjoindre des pensées mal formées qui l'empêchent encore de s'imaginer autrement qu'échoué, ici, dans ce lit autour duquel, sagement, tournent les trois femmes qui l'aident à surnager. Bientôt, il pourra parler, avancer, changer.

Soudain, quelque chose se déchire. Il ne sait si c'est lui ou le monde autour de lui. Les détails qu'il a peints en pensée, laborieusement, patiemment, se rebiffent. Sa main s'égare sur son visage et sent, à certains endroits, comme des empreintes de fougères, laissées par les plis des draps. Dans sa bouche un goût de charbon, de sommeil trop creusé. Il est bien dans un lit, mais ce n'est pas un lit d'hôpital. C'est son lit. Sa chambre. Il ne veut pas ouvrir les yeux. S'interdit de penser. Aucun rêve ne saurait être assez généreux pour contenir les épreuves qu'il vient de traverser. Depuis quand se leurre-t-il ? Non, le feu n'est pas dans le monde, le feu crépite dans sa tête, il aboie dans la fibre de ce bois crispé qui lui tient lieu de carcasse, parle à sa place pour couvrir le son de sa voix, brille sans partage pour aveugler ses yeux, consumant chaque instant qu'il vit pour conférer à ses sensations une nuance cendreuse. Le feu de Pont-Saint-Esprit l'appelle, l'habite, l'aime. Feu femme, feu esprit, feu déchu, feu effroi, feu sans fin. Un enfer immaculé, si la chose est possible, au sein duquel il évolue sans évoluer, suffoque sans mourir, entend sans parler. Trop de choses brûlent en lui, à l'évidence, qu'il imagine acquises au monde extérieur.

*

Louis frappait contre sa porte, criait son nom, Antoine ! Antoine ! C'est Lucy ! Elle a encore appelé ! Il frappait, comme il le faisait deux fois par jour depuis trois jours, à chaque fois que Lucy appelait, profondément docile et agacé. Mais ce matin-là, après avoir abandonné la lecture de son éternel *France-Soir*, une fois gravis six étages de l'hôtel, n'entendant toujours rien, mais sentant passer sous la porte une chaleur anormale, il ne se contenta pas de frapper, il sortit son passe de sa poche et entra dans la chambre d'Antoine.

Ce dernier ne bougeait pas, encore retenu par les mains attentionnées des femmes fantômes. Le vieil homme vit son locataire entortillé dans les draps, gisant aux yeux écarquillés dont la poitrine nue se soulevait violemment, toute luisante, tant la sueur s'y accumulait. Louis lâcha un juron et s'approcha du convecteur, réduisit la rage des spires puis fit crépiter un peu d'eau froide sur un linge avec lequel il entreprit de faire la toilette de ce presque vivant qui, à part geindre, n'avait l'air doué pour rien. Trois jours qu'il gardait le lit sans donner signe d'en vouloir jamais sortir. Louis attribua l'épisode à quelque déception amoureuse ou à la drogue, et obligea Antoine à avaler un litre d'eau sucrée – Louis avait toujours des sucres dans sa poche de chemise – puis il l'informa que Lucy n'avait cessé de laisser des messages. Et que le loyer était dû avant-hier. Mais prends ton temps, petit. Y a pas le feu.

Antoine finit par ouvrir les yeux, las d'être à son insu et depuis si longtemps le sourd magicien de lui-même, celui qui passe son temps à traverser, sans discernement aucun, la réalité de ses hallucinations.

2

SORTILÈGES

Lucy avait essayé de le joindre à son hôtel. Plusieurs fois. Par l'entremise moite et pesante du téléphone, par celle, aussi, claire et vaine, de ses pensées, désirant revenir du bout des lèvres sur cette nuit saturée d'urgence lunaire qu'ils avaient passée ensemble à écouter des disques avant que la mémoire incendiée d'Antoine disperse sur eux ses cendres. Elle voulait lui dire tant de choses, des choses si friables qu'elle ignorait combien de temps elle pourrait les empêcher de fuir entre ses doigts. Lui parler de son fils, qu'elle avait vu une dernière fois avant que la police britannique l'appréhende et la raccompagne au ferry avec interdiction de jamais revenir, un fils qui n'en serait jamais un, comme elle ne serait jamais une mère, et ce dans l'intérêt de tout le monde. Lui parler aussi du secret de Nathan Fuller, contenu dans sa silhouette ensanglantée à même le pavé new-yorkais, qui ne serait sans doute jamais que cela, un mystère, plus vaste que les faits. Elle se demandait si la CIA, dans le cadre du projet MKULTRA, avait vraiment "dosé" la ville de Pont-Saint-Esprit, mais le seul fait de se poser la question rendait la chose possible. Oui, et le seul fait que la chose fût envisageable suffisait à la rendre réelle, quand bien même indémontrable, comme si l'acceptation du monstrueux allait de pair avec la capitulation de la conscience. L'intoxication, pas seulement celle de Pont-Saint-Esprit, non, toutes les intoxications formaient de vastes nuages, radioactifs, mensongers, visibles ou invisibles, qui flottaient, dans les nues et les cerveaux, se promenant entre le oui et le non, contaminant le possible et le probable, sans jeter la moindre ombre durable sur ce qu'on croyait réel. D'autres formes moins périssables d'intoxication naissaient désormais tous les jours, à chaque heure, chaque impulsion électrique, transportées par la parole et l'image, les corps et les songes. Pont-Saint-Esprit était le nom de code d'une nouvelle façon de traiter l'homme, une énième variation dans l'écriture de son désastre permanent.

Lucy alluma une cigarette et regarda longuement le passeport que lui avait remis Wen Kroy avant de lui confier une dernière mission. Voilà qu'un peu de papier et d'encre, quelques tampons et une photo assez ressemblante allaient faire d'elle une citoyenne argentine, légèrement plus âgée qu'elle ne l'était en réalité et affublée d'un nom si répandu dans les *calle* de Buenos Aires qu'elle se demanda si W. K. ne cherchait pas, une fois de plus, à lui rappeler qu'elle n'était qu'une marchandise, des rides en sus.

Elle aurait, cependant, sa revanche, si ténue soit-elle. Après avoir livré à Wen une liste de noms, elle composa un numéro que ses "amis" lui avaient demandé de retenir, et une fois qu'on eut décroché à l'autre bout de la ligne elle n'eut qu'à dire un mot, un seul. On raccrocha aussitôt, et elle sut que d'ici quelques heures la cave des *Sept Délices* ne garderait plus aucune trace de ces activités qui froissaient l'État français. Puis elle tenta à nouveau de joindre Antoine, pour lui dire adieu, mais à chaque fois, le vieux Louis répondait qu'il ne l'avait pas vu, ou que son locataire ne répondait pas, et qu'il en avait assez de jouer les messagers, il était vieux, les marches le fatiguaient, les rhumatismes ne lui laissaient plus un seul instant de répit, alors excuse-moi Lucy.

Alors, parce que toute sa vie elle avait voulu, en brindille, porter autre chose que le poids insignifiant de l'autre au moment de s'envoler ; parce que depuis New York elle n'arrivait même plus à se rappeler quelle Lucy elle aurait pu devenir ; parce qu'Antoine était venu à elle en orphelin, persuadé qu'elle était susceptible de changer l'amour en dévouement ; parce que le seul acide qui fondrait jamais sur sa langue serait celui de la honte – elle cessa d'appeler et alla se planquer chez un ami jusqu'à la date de son départ pour l'étranger, se laissant baiser par cet ami sans discuter ni pleurer, baiser par son sexe impatient afin de mieux se recroqueviller dans le cœur muet de sa lâcheté, se sachant encore plus nue et plus artificielle que ces poupées qui fascinaient Antoine, devenant déjà la morte qu'il lui faudrait traîner bientôt la nuit dans les quartiers chauds de Buenos Aires, jusqu'à ce qu'un couteau lui fasse une nécessaire entaille par où enfin offrir son sang, tout son sang, à la pierre soiffarde des quais, dans les reflets lunaires que magnifiaient les flaques d'huile. Elle fit non pas une croix sur Antoine, mais dix, cent, mille, des milliards de croix comme autant d'astres crachés dans le ciel, jusqu'à ce qu'il disparaisse de ses pensées, ce qui bien sûr ne se produisit pas.

*

Autant les activités de Wen Kroy sur le sol français étaient équivoques, autant ses rapports avec la DGSE l'étaient nettement moins. Il n'était guère apprécié, et plus d'un crachait mentalement dans son sillage après l'avoir évité au sortir d'un bureau ou dans un couloir. Sa double nationalité, loin de faire de lui l'amphibie idéal dont rêvent tous les rois de l'infiltration, le rendait non seulement suspect mais insaisissable, et il donnait l'impression d'être un de ces faux audacieux en réalité pétris de mille lâchetés. Les rumeurs les plus désobligeantes couraient sur son compte, qu'il se gardait bien de farder ou de broyer. Seule la Direction voyait dans le recours à ses compétences et ses contacts le plus sûr moyen d'éliminer les derniers éléments issus de ce chaos en putréfaction qu'avait été l'année écoulée. Trop longtemps bridés pendant le grand chambard, peu soutenus par les préfets en place, les démineurs d'illusions de la DGSE guettaient avec une impatience hargneuse un sésame susceptible de les remettre en première ligne, là où se faisait le ménage. Les dérapages tant attendus des trublions avaient tardé, le bain de sang se refusait à miroiter sur la place publique, aussi avait-il fallu envisager un autre angle si l'on voulait passer à l'action. Considéré à raison comme un apôtre de la manipulation, Wen Kroy avait été tout naturellement, et très secrètement, requis pour l'ultime besogne.

Quand Lucy avait quitté San Francisco, deux ans plus tôt, Kroy l'avait fait suivre, à la fois par ses contacts à Interpol et par sa tribu de taupes, des indics disséminés dans le monde entier, et qui tous lui devaient l'aubaine d'un abri ou d'un nouveau pelage. C'est ainsi qu'il avait pu, au moyen de son obscène télescope composé de lentilles humaines, suivre la trajectoire de sa petite pute stellaire. La suivre et l'assister depuis son réduit d'ombre, favorisant ses bifurcations, choisissant ses orbites, contrariant ses désirs d'émancipation, mais toujours avec cette forme d'amour dévoyé qui était sa façon à lui de ne pas détruire tout à fait les êtres auxquels il tenait.

Il avait également laissé faire le hasard, dès uniquement qu'il sentait que ce dernier entrait en communion avec ses plans. Pour le reste, il lui avait suffi de décrocher son téléphone comme on arme un Glock. Sur une carte imprimée à l'encre létale dans une partie de son cerveau, aussi clairement que s'il avait été un faucon survolant les étendues, il avait vu la souris Lucy se faufiler en Allemagne de l'Ouest et rencontrer, à la suite de concours de circonstances dont il s'enorgueillissait, la papesse naissante du porn business, Beate Uhse. L'ex-aviatrice nazie, championne du planning familial à même les cendres du fort peu sexy Reich, interdite de vol pour la forme, était connue des services de renseignements, et on l'avait laissée développer ce nouveau commerce littéralement juteux qui, loin de porter atteinte à la sainte famille ou aux protocoles sexuels, permettait de disposer, *via* la vente par correspondance et l'établissement d'un fichier clientèle, d'un réseau précis de commanditaires. Les déviances étaient tolérées, car elles favorisaient le recours au chantage, un des trocs politiques les plus expédients. La libération sexuelle pouvait bien étendre son empire, tant que ses coordonnées faisaient l'objet d'un suivi méthodique. Qu'importe que telle petite culotte fût dotée d'une aération suspecte, tel vibro engoncé dans un manchon verruqueux, tel fouet utilisé pour d'autres desseins que l'édification des simples fesses fautives des garnements – qui disait points de vente, disait bons de commande, factures, intermédiaires, des traces. La pornographie, qui sortait alors de son stade infantile, aspirait à se hisser au même rang que l'électronique balbutiante, mais sans traverser les épisodes dépressifs de l'agroalimentaire ou connaître les chutes en piqué de certaines devises. La bagatelle était désormais cotée en Bourse et il s'agissait ne pas laisser les petits porteurs se faire trop d'illusions quant à qui tenait la trique.

Pour Wen Kroy, le cul, avec son bombé fendu, était une tirelire comme une autre, à cela près qu'il fédérait – et excitait – nettement plus d'épargnants que le bas de laine. Il laissa donc Lucy en tirer profit. La chance fit que Beate se prit d'affection pour l'ancienne égérie des Diggers californiens et lui confia, après formation, une mission assez aventurière : établir un comptoir de vente en France, à Paris, où on en était encore à se palucher devant des vaudevilles stéréoscopiques. Après cela, ce fut un jeu d'enfant pour Wen Kroy que de pousser certains pions sur l'échiquier des planques, et d'amener un noyau d'enragés à sympathiser avec Lucy afin d'établir une petite presse dans les sous-sols des *Sept Délices*. Ayant conclu très tôt un accord avec la police, comme plus d'un commerçant avisé, Lucy pensait s'être assurée que sa cave ne serait pas visitée par les nervis de l'ordre. On pouvait donc y ronéotyper à l'envi tous les appels au grand lessivage, l'enfer n'étant plus soupçonné d'antichambre.

Antoine fascina vite Wen Kroy. Ce dernier se méfiait des pulsions amoureuses, saugrenues selon lui, sachant qu'elles perturbaient la contraction et la dilatation des ventricules cardiaques, et donnaient au sang une couleur inutilement glorieuse. Le sujet amoureux a beau être malléable, et son addiction infiniment modulable, il peut très bien, du jour au lendemain, se révéler une menace, capable de métamorphoser l'improbable en imprévisible et l'insensé en inouï. Certes, la plupart du temps il n'est qu'un chien sans ombre, occupé à mordiller le souvenir de la main léchée, mais il lui arrive parfois, moyennant le miroitement d'une rétribution, de se changer en moulin à prières, et, à force de vertiges, d'obliger le monde à s'accorder à ses folies. Cliché baladé de pont des soupirs en viaduc des suicidés, le transi, dès qu'il cesse de s'imaginer sans empire autre que sa peine, se découvre des poussées libertaires et croit qu'en renversant le monde il rend à l'amour un service. Wen avait une sainte horreur de la passion, farce inepte faite selon lui de chichis et lubies à proportions égales.

Il préférait de loin les drogues et leur bonne vieille alchimie. Ah, la came, avec ses lois, ses seigneurs et ses serfs, ses pactes tacites sans cesse reconduits par la mort, ses tours de passe-passe avec le réel, son absence d'humour ! Tant pis si elle défroissait parfois la conscience et en conduisait certains à la sécession. Ce n'était pas quelques illuminations de plus qui allaient lever des armées d'exaltés. La drogue était comme l'impulsion électrique, née n'importe où, à partir de presque n'importe quoi, puis captée par ceux qui savaient tabuler de toute éternité. Sa circulation n'avait rien d'une aberration sanguine, tel l'émoi, elle partait d'en haut, filait vers le bas, remontait, redescendait, de plus en plus impure, de moins en moins coûteuse, poussière d'ange devenue farine létale. Si le cul n'était à ses yeux qu'un cochonnet de faïence aisément alimenté ou fracassé, la drogue demeurait, à ses yeux attentifs, un philtre idéal, une neige monnayable – du dollar léger. Le singe apprenait de nouveaux tours, la blatte découvrait l'impossibilité de se retourner, et l'araignée tissait des toiles de plus en plus fantasques, de plus en plus vastes, où la mouche, même sobre, même prudente, se plaisait à s'engluer. La came tenait dans la poche, comme un jour, il n'en doutait pas, toutes choses tiendraient dans la poche. Elle justifiait à elle seule le concept de fouille, et ce n'était pas là la moindre de ses vertus. Qu'elle fût la devise à venir n'était pas pour lui sujet à débat.

Antoine était donc pour Wen l'élément incontrôlable par excellence. Le jeune homme relevait en effet à la fois de la plus durable toxicomanie et du plus douteux mysticisme, tantôt saint inaccompli, tantôt pervers contrarié. Wen le trouvait pour tout dire lunatique, par conséquent nuisible. Heureusement, l'ex-agent de la CIA se délectait des contrariétés autant qu'un macaque des poux. L'opération de police étant imminente, il fallait simplement veiller à ce qu'Antoine n'empêche pas Lucy de collaborer.

*

Plus tard, bien plus tard, il serait difficile de croire que les journaux comprirent la nature de l'événement qu'ils se permirent, oh si brièvement, de commenter. Un "on" omniscient semblait se prononcer à la place des témoins, sans s'attarder sur les incohérences, les détails, les hiatus. *On* avait réglé une certaine situation. *On* avait mis fin à certaines activités. On avait appréhendé – ou pas – les fauteurs de troubles. *On* avait obtenu les moyens exigés et les passe-droits nécessaires. *On* s'en était servi. *On* ne déplorait aucune victime – enfin pas vraiment. *On* allait pouvoir passer à autre chose – *tout autre chose.*

La DGSE avait, paraît-il, pris les choses en main, et de cela au moins l'opinion pouvait être sûre, à défaut de fière. Elle devait ses informations à un énigmatique intermédiaire, dont le nom restait secret mais qui, par des indiscrétions, finit par être désigné dans les couloirs et les salles de presse sous les initiales W. K., puis par le pseudonyme de Wen Kroy, pseudonyme qu'un journaliste féru de mots croisés se hâta vite de retourner tel un gant pour informer les lecteurs de ses colonnes que ce nom n'était que le recto d'un autre nom, celui de la ville de New York, mais fallait-il en déduire la moindre intervention américaine, la main de la CIA, voilà qui était impossible à déterminer, ce pouvait être un hasard orthographique comme un indice, en tout cas ça méritait bien quelques dizaines de lignes. Le fait est que, sur la foi de ce W. K., une dizaine d'hommes avaient fait irruption dans un repaire révolutionnaire, une ultime cache subversive, où s'imprimaient généreusement tracts et revues dédiés au spectre de la Tricontinentale, repaire qui, comble de l'insolence et ruse de la transparence, était sis dans l'entresol d'un de ces sordides sex-shops qui ne sont pas près, concluait l'homme de plume, de résoudre l'épineuse question des mœurs.

L'article était assorti d'une brève relation des faits, sous le rapport de leur succession et leur promptitude. L'assaut avait été donné à la nuit tombée, en noir et blanc et sans sous-titre. La battue parfaitement orchestrée. Ils n'étaient que cinq ou six criminels, tous des meneurs en herbe, tous recherchés et fichés, et qui ne s'étaient jamais présentés à la barre où la justice les avait déjà convoqués à plusieurs reprises. Certains tentèrent de prendre la fuite, se précipitant dans la cage d'escalier pour rallier les étages supérieurs et les toits, d'où galoper tels des démons vers d'autres plates-formes. Des tirs ? À balles réelles ? Vous n'y pensez pas. Poursuite, sommations, insultes, échanges de coups ? Sans doute. Il fallut autant de mansuétude que de bravoure à nos chasseurs pour venir à bout des derniers galopins. On apprit également que la propriétaire de ces lieux consacrés à la fornication assistée avait, d'une façon qui demeurait douteuse, contribué, même modestement, à ce salutaire coup de filet. Puis le tiercé était donné, dans l'ordre, le désordre et la consommation des temps, amen.

Telles furent, du moins, les miettes instructives qu'*on* livra en petite pâture aux broute-colonnes de tous azimuts. Mais, ô Seigneur, comme Tes voies, en plus d'être impénétrables, sont dignes de Polichinelle. Car rien ne filtra du fiasco qu'avait été en réalité cette opération de police, et personne ou presque ne sut jamais qu'elle s'était déroulée dans la plus sémillante confusion. Hors journaux, il se murmurait qu'un spectacle peu commun attendait les factotums de la DGSE quand ces derniers avaient pénétré dans la cave du sex-shop de Lucy Diamond après avoir pris soin de sécuriser le périmètre.

Là, une fois la trappe soulevée et les fumigènes lancés, nulle ronéotypeuse, pas le moindre chiffon imbibé d'essence, aucune bouteille même vide, pas un seul tract, et surtout aucun chevelu en train d'astiquer les magnifiques rifles de chantants lendemains. Rien de tout cela. L'endroit était monastique, sans chaises ni tables, éclairé par la seule ampoule d'un plafonnier. Des murs lézardés, sales, tristes. Et, au centre de cette ancienne cave à charbon, à moitié nu, un type d'une trentaine d'années qui dansait au milieu d'un peuple de poupées gonflables, dansait et riait, les faisait danser et voler, les rattrapait au vol, les appelait par leur nom, leur parlait, les consolait, les encourageant à plus d'imagination, plus de vie ! Certaines se dégonflaient déjà, d'autres au contraire semblaient sur le point d'exploser, comblées. Toutes affichaient une joie suspecte, et leurs bras rosâtres aux bourrelets grinçants se tendaient vers les super-flics comme pour mieux les inviter à célébrer les noces du vrai et du faux, tandis que leurs jambes, animées frénétiquement par l'homme nu et délirant, exécutaient des mouvements rappelant les fourchettes de Charlot.

L'homme fut appréhendé aisément. Son interrogatoire ne donna rien. Dès qu'arraché à l'étreinte de ses amies les fées fouteuses, il sombra dans une réserve impossible à franchir, que ce soit par les mots ou les coups, Indien mutique, indifférent. Un ordre venu d'en haut fit qu'on cessa assez vite de cuisiner Antoine pour le confier sans regret aux soins de praticiens plus qualifiés.

*

Lucy tomba sur l'article relatant la descente de police quelques heures avant de s'envoler pour l'Argentine. Elle appela aussitôt Wen Kroy et lui dit que c'était elle qui avait prévenu ses amis, elle qui avait fait avorter la rafle. Bien sûr, Wen savait. Il savait toujours tout. Il se contenta dans un premier temps de lui parler de tout et de rien, d'un projet qu'il avait pour elle quand elle serait installée à Buenos Aires, oh rien ne pressait, il la contacterait, dans un an, ou deux, ou dix, difficile de savoir. Puis il lui donna une adresse en banlieue et raccrocha.

Dans son sac, le billet d'avion pour Buenos Aires pesait des tonnes. Les platanes de l'hôpital psychiatrique où Kroy lui avait dit de se rendre n'avaient à lui offrir que leurs ombres ingrates et sous ses pieds les feuilles n'émettaient étrangement aucun son. Un silence honteux enrobait toutes choses. L'année 70 s'ébrouait sans joie, avec sa gueule de bois et ses yeux de verrat.

Antoine était en “observation” dans un pavillon qui, aux yeux des vivants, serait passé pour vétuste, mais où, camisole aidant, on parvenait à ramener les grands délirants de la nuit à de plus sages mesures, car ainsi va Charenton.

Il paraissait dormir à l'intérieur de son corps et Lucy resta longtemps à son chevet, à serrer sa main inerte, sans oser parler, sinon en pensée, à mots pesés, lentement, comme on rêve. Puis, comprenant que seul l'adieu était possible, elle se pencha, approcha ses lèvres des lèvres d'Antoine, au plus près de la parole et de son contraire, et sentit monter le lent baiser de son souffle, qu'elle avala comme on se noie. Une sonnerie retentit et Lucy entendit ramper derrière elle tout un troupeau de pieds : c'était l'heure des médicaments pour ceux qui savaient encore se lever.

L'infirmier qui l'avait conduite jusqu'à Antoine vint lui dire que le médecin-chef allait la recevoir dans son bureau. La pièce où l'attendait le psychiatre sentait le vieux crâne et la Betadine. Des fossiles encombraient sa table. Lucy entra, d'un pas si douloureux que l'homme ôta ses lunettes comme pour mieux la voir tomber. Il lui demanda si elle était de la famille. Lucy secoua la tête. Derrière le psychiatre, un énorme radiateur en fonte dégageait une tristesse animale et définitive, encombrant plus qu'il ne réchauffait la vaste pièce où, sur chaque mur, des clichés de Lascaux affirmaient qu'une passion autre habitait le praticien.

Un cas très intéressant. Antoine. Vous saviez qu'il avait été interné en août 51 à l'hôpital psychiatrique de Nîmes ?

Elle le savait, depuis la lune souillée et la prière des morts reconnaissants, depuis la mort du dieu

Aoxomoxoa au pied de son canapé, quand Antoine s'était fracturé sous ses yeux.

Un collègue du Gard m'a transmis son dossier. Fascinant, dirais-je. Ce patient a souffert, à l'instar de bon nombre des habitants de sa ville, d'hallucinations chroniques, ou plutôt d'hallucinoses, à la suite d'une intoxication. On a évoqué un retour de l'ergotisme mais la Faculté semble pencher de plus en plus pour la thèse du mercure, ce qui doit arranger la meunerie. Mais bon, vous avez sûrement lu les journaux à l'époque, comme tout le monde, vous savez ce que – bon, votre… votre ami, Antoine… Antoine Rossigny ? non, pardon, Rossignol, relève en l'état de plusieurs pathologies, et nous ne sommes pas encore certains que toutes soient attribuables au syndrome de Korsakoff. Vous voulez de l'eau ?

Lucy baissa la tête, et le psychiatre vit dans son attitude un acquiescement. Il continua néanmoins son exposé, supposant sa prévenance sans objet.

Je vais m'efforcer d'être concis. Le syndrome de Korsakoff se traduit en général par une amnésie sévère, à la fois rétrograde et antérograde, accompagnée de confabulation, ce qui signifie, dans le cas qui nous occupe, que le patient a, mais très rarement, mais quand même, conscience de son état. Il éprouve également des faiblesses dans les pieds et les mains, et connaît des épisodes pendant lesquels il perd toute sensation ou au contraire ressent d'incessants picotements. Les hallucinoses dont je vous ai parlé peuvent survenir à tout moment, et se distinguent des hallucinations disons canoniques par le fait qu'elles se doublent d'une perception pour ainsi dire critique des visions. Leur origine peut être liée à une lésion du tronc cérébral, je n'entre pas dans le détail, mais le plus souvent tout ça est d'ordre toxique, ce qui fait sens à la lumière des événements survenus à Pont-Saint-Esprit à l'époque. Chez Antoine, selon mon collègue Masson, un psychiatre nîmois de tout premier ordre, par ailleurs grand amateur de fossiles, ces hallucinoses se sont combinées à des déviances plus singulières, ce que nous nommons dans notre jargon des paraphilies, oh ce sont des déviances somme toute assez inoffensives, telle que la somnophilie. Je m'explique ? Oui, je m'explique. Il s'agit en l'occurrence d'une excitation d'ordre sexuel stimulée par la présence d'un corps endormi, par le truchement de frottements, d'attouchements… Le sujet tire son plaisir de la nature inerte de l'objet convoité, pour faire court. Le passage à l'acte est assez rare. Masson estime qu'il présente en outre des symptômes d'agalmatophilie, une autre paraphilie, beaucoup moins répandue, mais qui est comme un corrélat de la somnophilie. Dans le cas de l'agalmatophilie, le sujet éprouve une forte attirance sexuelle pour les statues, les poupées, les mannequins, etc. Il s'agit là d'une forme de fétichisme globalisante, si la chose a un sens. Mais un fétichisme qui – mais bon, là n'est pas la question, je ne vais pas vous assommer avec des arguties de fond d'amphithéâtre.

Lucy voulut savoir dans quelle mesure son collègue de Nîmes avait jugé Antoine guéri, quand ce dernier avait quitté l'asile en 1954.

Je ne suis pas certain de comprendre votre question, mademoiselle. Madame ?

Elle insista. Antoine était parti pour Toulon, puis Marseille, ou l'inverse, elle ne savait plus trop, ensuite il avait travaillé dans un sous-marin, s'était engagé, vraisemblablement dans la Légion, il était resté plusieurs années en Algérie, c'est donc qu'il était en partie guéri –

Le psychiatre recula sur sa chaise, pris au dépourvu.

Ah. Je vois. Je comprends. Enfin je crois. Je crois que je comprends. Bien. C'est délicat. Ce que je vais vous dire est délicat. Vous êtes sûre que vous ne voulez pas un verre d'eau. Je peux… Bon. J'ai un rendez-vous dans peu de temps, je vais donc essayer d'être concis. Le dossier qui est devant moi, et qui est extrêmement détaillé, comporte de nombreux mémos et diagnostics, et même des notes prises par Antoine, ainsi que des dessins de sa main. Ce dossier, donc, que mon ami Masson m'a transmis et que je ne peux hélas vous communiquer, ce dossier nous apprend, entre autres choses… attendez, je vérifie, oui, voilà, c'est ici : Antoine Rossignol, né de père et de mère inconnus, entré le 23 août 1951, encore mineur, sorti le 28 août 1969. Autrement dit, il y a quelques mois seulement. Vous devez donc comprendre qu'Antoine a passé les dix-huit dernières années dans le pavillon 25 de l'hôpital psychiatrique de Nîmes, à la suite d'épisodes délirants – et ce bien que mon collègue Masson l'ait plus d'une fois incité à renouer avec le monde extérieur dès que son état a paru montrer de nettes améliorations. En fait, il aurait pu retrouver une vie quasi normale dès le printemps 53, une autorisation de sortie ayant été signée à sa majorité, autorisation qui lui permettait d'aller et venir à sa guise, afin d'effectuer ce que nous appelons une autonomisation par paliers, mais il semblerait qu'il ait tenu à rester, en tout cas c'est ce qu'il a fait. Toujours selon Masson, nous savons qu'Antoine s'est vite rendu utile auprès de l'administration de l'hôpital, qu'il effectuait gracieusement divers travaux de plomberie, maçonnerie, peinture, etc. Puis, je ne sais pas ce qui s'est passé exactement, à cette époque on était moins à cheval sur la tenue des registres, l'après-guerre, n'est-ce pas, mais Antoine a fini par se plaire à l'hôpital, à s'y sentir en sécurité, cela arrive souvent, et à se fondre donc dans cet environnement protecteur. Un rapport daté de 1959 nous révèle que les infirmiers et les garçons de salle faisaient souvent appel à lui pour calmer les patients les plus agités. Mais le plus intéressant concerne l'évolution de ses délires. Un mémo, signé par l'interne Brunot, un type épatant que j'ai eu comme assistant à ses débuts, et qui – bref, ce mémo est à cet égard très instructif. Antoine, du fait de son amnésie exclusivement rétrograde, a été contraint d'intégrer dans sa psyché des épisodes mnésiques externes, ce qui signifie qu'il s'est, eh bien, nourri, oui, c'est cela, nourri, pendant dix-huit ans, des souvenirs d'autrui, des récits, des délires, etc. Doté apparemment d'une faculté d'écoute exceptionnelle, d'après ce que Masson m'a expliqué hier au téléphone, il a été celui à qui se sont confiés les patients les plus agités. Une note, toujours rédigée par Brunot et datant, elle, de l'année… attendez, je vérifie… 1962… établit qu'Antoine s'est montré particulièrement sensible aux récits, souvent confus, des soldats revenus d'Algérie, ainsi qu'à ceux des sous-mariniers traumatisés, il y en avait beaucoup dans la région, allant jusqu'à rédiger leurs histoires en les accompagnant de croquis. On trouve également dans ses papiers toute une série de portraits, parmi lesquels revient, obsessionnel, celui d'une Gitane, bon, bref, il me manque bien sûr de nombreux éléments pour affiner mon appréhension de ce qui, chez lui, a pu, a dû faire cohérence. Votre ami, que l'intoxication de Pont-Saint-Esprit a pour ainsi dire désintégré psychiquement, s'est réinventé, entièrement, palier par palier, à force d'absorber les vies et les traumas d'autrui. En l'état, ce dossier nous permet néanmoins de –

Lucy n'écoutait plus. Les révélations, elle le savait, n'avaient plus de sens pour elle, ne l'aideraient jamais à renaître. Elle marchait déjà dans les rues de Buenos Aires, vêtue d'une robe à fleurs qui était davantage fleurs que robe, elle s'attardait chez les antiquaires du quartier San Telmo, soulevait les objets comme pour mieux vérifier qu'ils ne cachaient rien sous leur base, faisait de longues promenades sur les quais. Autour d'elle, séparés par une vitre épouvantable, les visages chantaient, parfois heureux, souvent incompréhensibles. L'embouchure du fleuve, plus affamé qu'une mer, avalait tout. Elle ne connaissait personne là-bas, ne voulait connaître personne. Elle comptait survivre quelque temps à Buenos Aires puis s'en irait peut-être plus au nord, jusqu'à Iguaçu, où l'attendait l'humble barbarie des eaux livrées à la gravité, au péril, avec pour seule promesse, au pied vaporeux des chutes, les roches vives où disparaître. Et pendant qu'elle s'absentait dans un futur à la fois proche et lointain, dont elle n'attendait, enfin, *rien*, pendant que le psychiatre s'efforçait d'écourter son exposé, à quelques dizaines de mètres d'eux, à leur insu, Antoine se leva. Il se leva très naturellement, se rendit aux toilettes, pissa longtemps puis s'aspergea le visage d'eau froide, penché au-dessus du lavabo crasseux. Quand l'eau eut séché sur sa peau, il ôta son pyjama et enfila les habits sales que le jardinier de l'hôpital avait entassés au pied d'un vestiaire métallique et quitta le pavillon de Charenton d'une démarche si banale et si quiète que personne ne songea à lui demander qui il était ni où il allait, croyant sans doute qu'il avait fort à faire avec les thuyas avant l'arrivée du gel.

3

DISSIPATION

Il traversa les faubourgs de la ville, ébloui par les tours en construction et les masures aux volets dégondés, passa entre des jardins si modestes que les légumes y poussaient comme à reculons, à croire qu'ils tentaient de retourner dans l'humus consentant, franchit une porte qui n'en était pas vraiment une, vit et entendit des gens rire et crier à bord de minuscules automobiles qui se heurtaient dans des miracles d'étincelles, s'enfonça alors dans les banlieues aux mille fenêtres derrière lesquelles le même mange-disque fredonnait le retour de l'alcool et la fin du repas, continua la ville jusqu'à sa perdition dans la campagne, dans le déclin d'un jour à la fois suave et indifférent, suivi parfois sur des centaines de mètres par un chien à la langue pendante.

Il marcha, marcha pendant des jours et des nuits, sans jamais hésiter sur la route à prendre, à aucun moment troublé par les panneaux et les embranchements, préférant d'instinct les départementales qui lui permettaient de fouler l'herbe glacée des accotements où les bornes faisaient office de stations, sentant s'écarter, sans les voir, des peuplades rampantes et bondissantes que ses pas arrachaient à l'éternel quotidien de la survie, des peuplades ivres d'une conscience amère, et verte, et chiche, qui était aussi la rengaine de l'herbe affolée, et dans l'esprit d'Antoine ces bruits si fins qu'on aurait eu peine à les distinguer du bruit laissé par le vent dans son sillage disaient qu'il n'y avait plus rien à dire, sinon la peur, minuscule, la peur fractionnée des gestes et des réflexes grâce auxquels le cœur peut, quelques instants durant, battre encore un peu, à même le sol et sa dureté. La lune, il la voyait souvent, fugace dans sa résistance aux nuages, mais tenace, mais présente, sa bouche dorée avalant tous les souhaits jetés dans tous les puits. Il finit par ôter ses chaussures trop grandes, et ses pieds cessèrent aussitôt de saigner. Le soleil revint, étrangement plus confiant malgré l'hiver qui est tout sauf vengeance, ainsi qu'il le comprenait, et quand les premières neiges, rases et pétillantes, l'obligèrent à baisser les yeux, il sentit monter en lui la forme définitive d'un nouveau sourire. Sa démarche n'en fut que plus vive.

À perte de vue, les champs bombaient le dos, ridés tels de très vieux Léviathans, leurs flancs caressés par des forêts composées d'arbres si régulièrement espacés que leurs écorces communiaient dans le même servage. Il prit alors le plus souvent des chemins de terre, ne s'arrêtant que pour mieux voir, dans la pénombre, la bosse d'un hérisson ou la flamme d'un chevreuil. Les grands ducs soulevaient avec déférence leurs ailes, le corps mystérieusement tassé. À intervalles irréguliers mais toujours prometteurs, il distinguait, s'élevant derrière le pont d'un chemin ou l'épaule d'une colline, la pointe d'un clocher, qu'il savait ne rien percer. Entrant dans un village, jamais il ne sursautait quand le camion du boucher ou du boulanger s'entrouvrait par le hayon, mais saluait juste, épargné par la faim, et affranchi pour de bon de la corvée du sommeil.

Et plus il marchait, plus il parlait, commentant les couleurs et les formes, leurs noces, débattant sans relâche avec la nature et ses hôtes, interpellant les lièvres que les pas des chasseurs expulsaient des fougères, posant une main sur la tête des enfants qui passaient à sa portée, sentant dans leurs cheveux la folie prometteuse de l'électricité humaine. Il souriait aux vieilles personnes qui transportaient un peu de mort dans leur cabas et lui léguaient l'hiver en guise de conseil. Il baissait les yeux au passage des jeunes filles et des jeunes hommes, ne voulant pas interrompre leurs évitements scintillants. Le temps n'avait plus rien à lui apprendre. Il se savait destiné à tout autre chose qu'à l'éternité et ses médications.

Quand, après être passé sur un pont dont il n'eut pas besoin de compter ni saluer les arches, il arriva dans la grand-rue de Pont-Saint-Esprit, c'était le matin, sa force et sa faiblesse. Il se dirigea vers la boulangerie, poussa la porte au son tintant d'une clochette que personne ne parut entendre, ni la boulangère ni les clients du moment, qui tous paraissaient figés, retirés au sein d'eux-mêmes. Derrière la caisse, les baguettes scarifiées attendaient que la main les sépare, les éloigne. Il se dirigea vers l'escalier qui menait au fournil au milieu des paroles gelées. Il croisa le mitron dans l'escalier, qui portait une pièce montée dont la fragilité, sensible à mille vibrations, était gage de beauté. Antoine le laissa passer puis reprit ce qui, enfin, malgré les lois physiques du monde, lui paraissait ascension.

Ce lieu lui était familier. L'odeur qui régnait était celle de sa trop lente naissance. Sur le sol, les îlots de farine attendaient l'empreinte de ses pas. La pelle du boulanger, au bois si lisse qu'une paume s'y serait reflétée, fraternellement, était posée contre un mur. Antoine en caressa le manche en frissonnant. Sa fatigue, qu'il savait embusquée dans ses os, consentit à lui laisser une maigre avance. Il se déshabilla lentement, laissant glisser par terre ses habits crispés et fendus par la crasse, cherchant dans l'invention de sa nudité une force nouvelle. Les deux portes du four s'ouvrirent presque d'elles-mêmes, généreuses jusqu'à la souffrance. Il se hissa parmi les pains de la dernière fournée, s'allongea à même la brique hurlante tel un mécréant fait de farine humaine et de tout autre chose, et sut qu'il n'y avait ici-bas ni amour ni preuves d'amour, juste l'insolente et putassière ritournelle de l'espoir – et la force des adieux.

REMERCIEMENTS

À Mona, qui m'a offert le pain maudit en sachant très bien quelles bouchées j'en ferais ; Marie-Catherine qui n'est que printemps ; Aurélie et sa patience sucrée ; Yves ; Nic ; Louison, Robinson et Martin ; Mathias, Poucette, Fabrice, Aude, Jérôme, Mougne, Gaël et Séb ; les Incultes, mes inévitables ; Pacôme et Mellano ; Juliette et Edgar ; Marion, ma drogue.

Enfin, ce roman aurait été considérablement anémié sans les lectures suivantes : *A Terrible Mistake*, de H. P. Alabarelli Jr. ; *Le pain maudit*, de Steven L. Kaplan ; *The Day of St. Anthony's Fire*, de John G. Fuller ; *La foire au sexe*, de Jean-Claude Lauret ; *Sex-Shops, une histoire française*, de Baptiste Coulmont ; *La pornographie danoise*, de Thomas Glynn ; *Histoire secrète de la bombe atomique française*, d'André Bendjebbar.

Et pour l'acide, débrouille-toi, ô lecteur.

TABLE

V. L'injuste retour des choses

(Ailleurs, 1952-1969)

VI. Entre deux feux

(Paris, Pont-Saint-Esprit, 1970)

OUVRAGE RÉALISÉ
PAR L'ATELIER GRAPHIQUE ACTES SUD
REPRODUIT ET ACHEVÉ D'IMPRIMER
EN OCTOBRE 2012
PAR NORMANDIE ROTO IMPRESSION S.A.S.
À LONRAI
POUR LE COMPTE DES ÉDITIONS
ACTES SUD
LE MÉJAN
PLACE NINA-BERBEROVA
13200 ARLES

DÉPÔT LÉGAL
1re ÉDITION : AOÛT 2012
N° impr. : 123988
(Imprimé en France)